生徒会探偵キリカ 1

著＊杉井光　絵＊ぽんかん⑧

——あの子だけ、
会計の他にもうひとつ役職があるんだよ。
うなじ側に隠れていたもう一枚の腕章が、
首を巡ってキリカの正面に現れる。
紺色の生地に金糸で、こう刺繍されている——
《生徒会　総務執行部　探偵》

総務執行部

執行部 会計

僕の足音に気づいたのか、
リボンの頭が植え込みの陰にあわてて引っ込んだ。
僕は駆け寄ってのぞき込む。
「……キリカ？」

登場人物 CHARACTER

会計
聖橋キリカ
（ひじりばし・きりか）

監査
久米田郁乃
（くめた・いくの）

議長
神林朱鷺子
（かんばやし・ときこ）

庶務?

牧村ひかげ
（まきむら・ひかげ）

生徒会長

天王寺狐徹
（てんのうじ・こてつ）

副会長

竹内美園
（たけうち・みその）

目次 CONTENTS

生徒会探偵キリカ1

杉井光

講談社ラノベ文庫

口絵・本文イラスト／ぽんかん⑧

1

八億円、である。

僕が通っている学校の、生徒会予算総額の話だ。八億円といったらちょっとした会社の年間予算に匹敵する。我が校の実態を知らない人に言っても最初はなかなか信じてもらえない。姉に話したら「桁《けた》いくつ間違えてんの？」と笑われた。

でも、中高一貫のマンモス校《こう》で、総生徒数は八千人、クラブの数は三百を越え、体育会系も文化系も全国大会常連クラスの部をいくつも抱え、さらには一部の施設の維持費も生徒会予算でまかなわれている――と説明すると、「むしろ足りないいんじゃないの？」と心配してくれた。

実際その通りだ。個人として見れば気の遠くなるような額だけれど、うんざりするほどたくさんの部活動と委員会活動に振り分けていけばあっという間になくなる。

五月になると、委員会と部活の代表者どもが好き放題な額を書いた予算申請書を持って生徒会室に殺到する。それらをすべて勘案、吟味《ぎんみ》、審査、嘲笑《ちょうしょう》、無視して年度予算を組み上げているのは、驚くべきことに、たった一人の女の子である。

手分けしてやらないの？　と訊《き》いてみたこともある。

「ひとりの方が楽だから」

彼女は、僕の方を見もせずにぼそりとそう答えた。

「頭の悪い人たちと話し合っても決まるのが遅くなるだけ」

だだっ広い生徒会室の奥の壁には扉が五つ並んでいて、その左端が彼女の部屋だった。

薄暗い中にぶうんというファンの音が充満し、六面のモニタの放つ青白い光が、真ん中の椅子《いす》に体育座りした小さな後ろ姿を不気味に照らしている。肩までの長さの広がり気味でぎざぎざの髪、だらしなく二の腕までずり落ちたブレザー、暗がりに響くぱりぱりかたかたという音。彼女はいつも左手でもくもくとスナック菓子をむさぼり、右手で膝《ひざ》の上のキーボードを叩《たた》いている。僕が部屋に入っていっても気にも留《と》めない。

聖橋《ひじりばし》キリカ。この学園すべての金を握る女だ。

咳払《せきばら》いしてから、その背中にそっと声をかける。

「陳情書もらってきたけど……交通課と、図書委員と、中等部寮自治会から。ええとごめん、いま忙しいのかな。ここ置いとくよ」

「読んで」

ぼそりとそう言われ、僕は面食らう。

「読んで聞かせろってこと？　だって作業中だろ？」

「あなたの声はふにゃふにゃしてて耳障りだから、なにしててもちゃんと頭に入る。いいから読んで」

ほめてんのかけなしてんのかよくわかんないけど——いや、たぶんけなしてるんだろうけど、言い返してもしかたがないので僕は書類《しょるい》をめくった。

「じゃ、図書委員のから。第四図書室の可動書架がみんな老朽化してて、全面改修におよそ八百万——」

僕が読み上げている間にも、打鍵《だけん》音とポテトチップスを噛《か》み砕《くだ》く音がずっと続いていた。ひととおり読み終えるとキリカは僕の鞄《かばん》を指さした。

「ついでに五月の試験範囲も読んで」

「それ生徒会関係ないよね？　僕の仕事じゃ」「早く読んで」

僕はむっと口をつぐみ、陳情書の束を置いて、鞄からノートを取り出した。

キリカは授業に一切出ない。僕のクラスメイトでしかも隣の席なので、よく知っている。保健室登校ならぬ生徒会室登校の不良生徒なのだ。

「現文Ｉは15から16、国表は２だけ、英Ｒは二章、英Ｗは最初からＣパートまで、ＯＣはユニット２、数Ｉは……」

あいかわらず彼女は手を止めない。ほんとに聞いてるんだろうか、と不安になるのだけれど、中等部時代から授業には出ていないくせに毎回学年ランキングに入るくらいの成績をとってきたというから、まともに勉強しているこっちが馬鹿《ば》馬鹿《か》しくなってくる。

僕が読み終えてノートを閉じると、キリカは今度は書棚を指して言った。

「じゃあ絵本も読んで」

「なんでっ？　どういう話の流れだよ？」もう生徒会とか学校とか通り越して僕の人生にまったくなんの関係もないよね？

「いいから読んで。どうせあなた暇でしょ。庶務《しょむ》なんだから言うとおりにして」

僕は自分の左腕をちらと見る。紺色に金糸《きんし》の刺繍《ししゅう》の入った腕章《わんしょう》が巻いてある。

《生徒会　総務執行部　庶務》

庶務をなんだと思ってるんだろう。トイレ掃除《そうじ》とか買い出しとかコーヒー淹《い》れたりとかする役職じゃないぞ？　いや、全部やってるけど。

しかしこの女は僕の上司で、機嫌を損ねるとしばらく業務にさわるので、言うとおりにしなきゃいけない。書棚の『ぐりとぐら』とか『バーバパパ』とかの間から、『星の王子さま』を抜き出して最初のページを開く。深呼吸してから読み始めた。

「……僕が六歳だったときのことだ。『ほんとうにあった話』という原生林の……」

「……くぅ、……くぅ」

「寝るの早ぇよ！」

キリカはキーボードを抱えたまま丸まって寝息をたてていた。ブレザーがずり落ちて椅《い》子《す》の尻《しり》に引っかかっていたので、僕はそっと抜き取る。と、彼女の上半身が持ち上がった。起こしちゃったか、とあわてたけれど、姿勢を変えただけだった。リクライニングになった椅子の背もたれに身を預けたキリカは、顔を右に傾けて目を閉じた。再び寝息が聞こえてくる。

その首に巻かれているのは、紺色の腕章だ。二枚をつなぎあわせてマフラーみたいにしてある。会計、という文字がちょうど喉《のど》のあたりに見える。

それを隠すようにして、僕はブレザーを前からかけてやった。

会計室から戻ると、いつの間にか生徒会室のデスクに人影があって、僕に気づいて立ち上がり、寄ってきた。

「キリカさん、どうでした？　機嫌よさそうですか？」

長身のモデル体型に、一目でハーフとわかる琥珀色《こはくいろ》の瞳《ひとみ》とアッシュブロンドの髪、ただ立っているだけでどこからかCM音楽が聞こえてきそうなくらい目立つ人だった。竹内《たけうち》美園《みその》さん。ひとつ先輩の高等部二年生で、腕章に《総務執行部　副代表》と刺繍されている。つまり、生徒会副会長だ。

「おかげんがよいのでしたら予算折衝《せっしょう》の打ち合わせをしたいのです。今年から完全個別面談にしようと思っていて、でもそうすると私も大変ですけれどキリカさんも」

「あー、キリカは寝ちゃいました」

美園《みその》先輩は目を丸くした。

「お休みに？　いま？」

「たったいま」と僕は会計室の扉を見やる。

「ひかげさんの目の前で？」

「はあ。本読んでやってたら、ころっと。また徹夜してたんじゃないですか、あいつ」

「まあ……」と美園先輩は身体を傾けて、僕の顔を下からのぞき込む。ちょっと目がうれしそうだ。「すごいです、ひかげさん。あのキリカさんを、絵本読んでミルク飲ませて頭なでただけで寝かしつけるなんて」やってねえよ。どこのだれの子だ。

ひかげさんが総務に入ってくれてほんとうによかった、と美園先輩は笑う。僕は照れくさくなって、コーヒーを淹《い》れるためにキチネットに行った。なんとこの生徒会室、部屋の隅が小さく区切られて台所になっているのだ。冷蔵庫に流し台に食器棚と電気コンロまである。

「それじゃひかげさん、スケジュール調整手伝ってくださいます？」

コーヒーを持っていくと先輩がノートＰＣを操作しながら言った。

「完全個別面談って、本気ですか？　だって予算に文句つけないとこなんてないでしょ」

何百人も押しかけてくる部長だの委員長だのと一人一人話し合おうというのである。正気の沙汰《さた》じゃない。

折衝といっても、交渉の余地はほとんどないと聞いた。予算折衝は事実上、生徒会総務執行部による「生徒総会では予算案可決してくださいね、裏切ったら来年度の予算どうなるかわかりますね？」という通達をつきつける場である。大人数をまとめてやった方がいいにきまっているのだ。どこかを増やそうとしたらどこかを削らなければいけないのだから、自分のところだけ勝手な要望を出すわけにはいかない、という空気が生まれて、文句が出にくくなる。

それを、美園先輩は、一人ずつていねいに説得しよう、というのだ。

「けっきょく、不足分は部費でまかなったり我慢したりするわけでしょう。それなら納得してくれるまで話さないと」と先輩は言う。

「……手分けしてやります？　僕とかキリカも」

「いけません！」

先輩はノートPCをばんと閉じて腰を浮かせ、首を振った。

「ひかげさん胃潰瘍《いかいよう》になっちゃうから！」

「んな大げさな」

「大げさじゃないです、暴れ出す人とか泣き出す人とかいるんだから。ひかげさんやキリカさんをそんな矢面《やおもて》に立たせたりしたら、私、心配で胸がおっぱいになっちゃいます」

胸はもともとおっぱいだろ。

「い、いけませんひかげさん、そんな、おっぱいなんて破廉恥《はれんち》な」

「あんたが言ったんだよ！　胸がいっぱい、でしょ？」

先輩はぽんと手のひらを拳《こぶし》で打ったが、ぜったいわざとボケたにきまっているのだ。

「いや、その、胸はともかく、ひとりでやったら先輩こそ胃潰瘍《いかいよう》になっちゃうんじゃないですか」あきれるくらい心配性だし。

「大丈夫です」と美園《みその》先輩はほほえむ。「愛するひかげさんキリカさんはともかく、一般生徒がどれだけ予算を削られて泣こうがわめこうがなんとも思いません。むしろ言いくるめるのは気持ちいいです」

なんという腹黒さ……。これが白樹台学園《はくじゅだい》の聖母《マドンナ》と呼ばれている女の正体であることは、生徒会室のメンバーしか知らない。政治ってこういうある種の傍若無人《ぼうじゃくぶじん》さがないとできないのかな、とも思う。会計のキリカはあんなだし、副会長もこれだ。さらには――

生徒会室の入り口の扉が乱暴に開いた。

「諸君！　大勝利だ！」

やかましく部屋に入ってきて正面奥の会長のデスクにどっかりと腰を下ろしたのは、長

部代

い黒髪を無造作に二つに束ねて垂らした凶暴そうな目つきの女だ。腕章《わんしょう》にぎらつく金文字は《総務執行部　代表》。

「今年の学園祭は音楽堂の夜間使用が許可された。PTAも近隣住民も教育によろしくないとか騒音が心配とかごねたけど、あたしが一軒一軒訪ねてみっちり説得してやったら最後には全員ぽっきり折れた。前夜祭でも後夜祭でもライヴができる、今からオーディションの募集をかけるぞ！」

ひととおりしゃべっただけで生徒会室には台風一過の枯れきった空気が流れる。

「……ああ……お疲れ様です」

僕はようやくそれだけ言えた。美園《みその》先輩はやれやれと首を振るばかりだ。

天王寺狐徹《てんのうじこてつ》。

とても女とは思えないこのものすごい名前の人物は、見ての通りの生徒会長だ。産声《うぶごえ》で会長就任演説したんじゃないかと思うくらい生まれつきの生徒会長だ。

「今年はさすがに間に合わないけど、来年の体育祭では我が校の敷地内で生徒によるＦ１レースを開催するというのはどうだ」

「免許どうするんですか……」

「心配要らない。免許以前に、フォーミュラカーはそもそも安全基準を満たしていないから公道を走れない」「校内も走れないよ！」

僕がつっこむと会長は子供みたいにむくれた。

「ぜったいに盛り上がるのに……」

見かねた美園さんがノートPCから顔を上げて言う。

「いいかげんにしてください狐徹。それより予算折衝《せっしょう》は来週月曜に始めるから、なにか予定入れておいてくださいな。六時までぜったいに生徒会室に帰ってこないように」

「どうして？」

「狐徹がいると話がこじれるからです」

「うちの可愛《かわい》い会計担当が二晩徹夜して作成した予算案に下々の者どもがけちをつけたくらいで、あたしが怒るとでも思ってるのか？」

「思ってますわ」

「ボクシング部と空手部以外は殴らないぞ？」

「そもそも殴ンな」

僕と美園さんに二人がかりで反撃されてちょっとテンションが落ちたのか、会長は椅子《いす》にだらしない感じで背を預け、天井を仰いだ。

「会長のあたしには同席させないのに、庶務《しょむ》のヒトシには手伝わせるのか。ずるい。あたしも出たい」

「いや、僕も折衝には出ませんけど。予定組むの手伝ってるだけです。あと、会長」

「ん？」

「僕、ヒトシじゃなくてヒカゲです。いいかげん憶《おぼ》えてください」

自分の名前をこうも強く言うのは恥ずかしいし、そもそもこの名前は大嫌いなのだが、会長は口を開くたびにちがう名前で僕を呼ぶのである。面倒このうえない。

「……ヒトカゲ？」

「それはポケモンです」

「リザード？」

「進化しなくていいですから。一文字もあってないし」

「それより、ヒロシにはまた新しい仕事だ」もうどうでもよくなってきた……。「編入生アンケートを集計しておいて。それから来年度分で追加した方がいいと思った質問事項があったらどんどん出していいぞ、ヒロシも編入生なんだから、なにか思うところがあるだろう」

Ａ４のアンケート用紙の束を前にして、僕はしばらく奇妙に生あたたかい感慨にとらわれていて、ボールペンを握った手を持ち上げることもできなかった。広い生徒会室には、美園《みその》さんがキーを叩《たた》く音と、昼寝に入ってしまった会長の寝息だけが聞こえていた。

ふとした瞬間に何度も思い知らされる。僕は高等部からの編入生だ。外からやってきた人間なのだ。この身に触れるブレザーにも、ネクタイにも、校章にも、腕章《わんしょう》にも、言いがたい違和感が染みついている気がする。

それはもとをたどれば、この《ひかげ》という珍妙な名前のせいなのだ。

＊

僕の姉の名が《ひなた》だと言うと、だいたいの人は冗談だと思うらしい。

両親がどういう考えでこんな名前をつけたのかはわからないけれど、ともかく僕は物心ついて以来、できのいい姉と比べられ続けて育った。

姉の履歴書にはA附属小、B附属中、C附属高、とそうそうたる有名進学校の名前が並んでいるが、すべて別系列で、大学もまた無関係の私大を選んだ。つまり一度もエスカレーター進学していない。

「そうするとなんだか履歴書がすごそうに見えるでしょ。だからわざとそうしたの。それに受験のたびに一年間、お父さんもお母さんも甘やかしてくれるし、エスカレーターなんてもったいない」

……なんてことを真顔で言う、いやみなくらい優秀な姉だった。

母親の僕に対する口癖は「ひなたみたいにやれとは言わないけど」で、父親は「ひなたはおまえとちがって」で、どっちもうんざりしたので、中学に入ったあたりから真剣に家を出る方法を考えていた。

白樹台学園《はくじゅだい》——という、都外の中高併設校への編入を志望したのは、校風に惹《ひ》かれたからでもなければ将来の大学進学や就職のためでもなかった。寮があって、奨学生として入れそうな学校がそこだけだったのだ。どんな学校なのかろくに調べもせずに願書を出したし、学校見学にも行かなかった。中学三年生時の勉強量は、僕の生涯の他《ほか》の年すべてを足し合わせても及ばないくらいだろう。

合格してはじめて、白樹台があちこちとんでもない学校であることに気づかされた。どうりで中学の進路指導の先生がしつこく「ちゃんと考えて決めた？」と訊《き》いてきたり、資料を集めてきてくれたりしたわけである。他《ほか》に選択肢がないと思い込んでいた僕は先生の好意をみんな無視していたのだ。先生ほんとごめんなさい。

総合大学なみの生徒数とキャンパスは、事前に情報として知っていても、実際に目にすると圧倒された。しかもわりと大きな市街の駅前に広がっているのだ。皇居かよ、と一瞬思った。設立者は土地代を気にしなかったんだろうか。

春休み中に渡された教科書と予習問題を見て、僕はようやく自分の不明を深く恥じた。白樹台はいちおう中等部・高等部に分けられてはいたけれど、その実態は完全に六年制の学校だった。教科書は独自の六年間カリキュラムにあわせたもので、途中からの僕は正直さっぱりついていけそうになかったし、校舎も中等部と高等部ではなく学科ごとに分かれていた。教職員の組織も中高であわせてひとつだし、生徒会も中高統一。普通そういう学校って高等部の新規募集やらないだろ？　と、ぶつけるあてもない文句が浮かんできた。

高等部からの編入生は全生徒の1パーセントにも満たなかった。必然的に、クラスで浮くことになる。内部生どうしですでに人間関係ができあがっちゃっているからだ。

いや、編入生でもちゃんと人付き合いができているやつもいたから、僕が悪いのかもしれないけど。

不運も少しあった。寮はどこも二人部屋なのだけれど、僕だけ一人で使うことになったのだ。高等部一年の寮生が奇数だったわけだ。もちろんこれは幸運でもあった。十二畳くらいの豪勢な部屋を気兼ねなく独占できたのだから。そのかわり、話し相手をつくる機会はまったくなくなってしまった。

担任の先生が僕に届け物を頼んだのは、僕が聖橋《ひじりばし》キリカの隣の席だからという理由の他に、編入生で生徒会の事情をよく知らないから、というのもあったと思う。

「後期の選択授業とか、進路志望アンケとか、提出書類がいっぱいたまってンだ。ぜったい手渡しして、その場で書かせて職員室もってこい」

入学三日目の春うららかな放課後、クラス担任の千早《ちはや》先生が僕の机にやってきてそう言った。ヤンキーがむりやりブラウスとタイトスカート着てるみたいな若い女教師で、授業中だろうがこんな言葉遣《づか》いである。

「……なんで僕が」

「私は生徒会室に行きたくない。めんどい。おまえ隣の席なんだから責任もて」

なんの責任だよ？

「隣って、だれなんですか？　なんで生徒会室」

僕の右隣の席は始業以来ずっと空席だった。毎授業どの教師も、出欠をとるときにあきらめ顔で「聖橋《ひじりばし》」と名前を口にし、なんの確認もせずにさっさと次の生徒を呼ぶので、ずっともやもやしていたのだ。不登校生なんだろうか。

でも千早《ちはや》先生は腕組みして言った。

「いいから、言うとおりにしないとおまえの通知表、保健体育だけ5にしてみんなに見せびらかすぞ」

地味に効果的な嫌がらせやめてください！

先生が出ていってしまった後で、教室じゅうの同情の視線が僕に集まった。合掌して念仏唱えるやつまでいる。なんだよいったい。

「……生徒会室、場所わかる？」

学級委員の女の子が、おそるおそる訊《き》いてきた。クラスメイトから話しかけられたのはこのときがはじめてだった。

「わからないけど、まあなんとか」

「付き添ってやりたいけど、俺《おれ》たちも命が惜しいんだ。がんばれ」

他《ほか》の男子生徒が言った。なんだそりゃ。男が次々と僕の周りに集まってくる。

「いいか牧村《まきむら》」と一人が声をひそめて言う。僕の名字憶《おぼ》えてたのか。「おまえは編入生だから知らないだろうが、この学校には『生徒会室占い』というのがある」

「はあ」

「生徒会室に行ってドアを開ける。中に副会長しかいなかったら、大吉だ」

「俺、大吉一回しか引いたことない」「でも美園《みその》先輩は近くで見たいよな」

「先輩の写真お守りにしてる」「見せろ」「売ってくれ！」

「俺、大吉当たったことない……」「ならおまえ一緒に行ってやれよ」「やだよ。おとなしく水泳大会まで待つよ」

にわかに盛り上がるクラスメイトたちに、僕は目を白黒させる。最初のやつが咳払《せきばら》いして話を戻した。

「副会長と、他《ほか》に会長とか色々いたら、これはまあ中吉だ」

「美園先輩としゃべれないかもしれないしな」「写真とか絶対無理だしな」

どうやら、副会長の美園という人はたいした人気者らしかった。白樹台《はくじゅだい》には中等部と高等部が分かれているという意識がまったくないので、『高等部入学式』みたいなものも催されず、したがって僕はまだ生徒会役員という連中を見たことがなかった。

「で、だれもいなかったら小吉だ」

ん？　無人でも小吉ってどういうこと？　その下があるの？

声がさらに落とされる。

「会長だけいたら、大凶だ。死ぬと思え」

お通夜テンションがクラスメイトたちに伝播《でんぱ》していく。僕はまったくわけがわからず、見回してからそっと訊《たず》ねた。

「……生徒会長、そんなにきらわれてんの？」

「いや。きらわれてたら選挙には勝てないだろ」そりゃそうだ。

クラスメイトたちが（なぜか自慢げに）説明してくれたところによると、現生徒会長の天王寺狐徹《てんのうじこてつ》は、この白樹台《はくじゅだい》学園生徒会の四十数年にわたる歴史上唯一、中等部一年生にして会長に当選した人物なのだという。たしかにそれはすごい。入学して半年で学園じゅうの支持を集めたということなのだ。ここの生徒会は中高統一なので、当然ながら歴代の生徒会長のほとんどは高等部生から選ばれていて、中等部で当選した例がそもそも現会長を含めて三人しかいないのだそうだ。

それ以来、天王寺狐徹は四年連続で選挙戦を圧勝、学園に君臨しているという。

「でも、なんでそんな人気者なのに、みんなびびってるの」

「……動物園のライオンは人気者だけど、だれも触りたいなんて思わないだろ」

うわあ。なんとなくわかる的確なたとえ話ありがとう。

「でもそこを抜けないと聖橋《ひじりばし》には逢《あ》えないからな。がんばれ」

そんな感じで僕は教室から送り出された。

肝心の、聖橋キリカというのがどういうやつなのかは、みんな「逢えばわかるから」とだけで、詳しく教えてくれなかった。


僕のはじめての生徒会室占いは、小吉だった。

いかにも僕にふさわしい結果だなあ、と、ドアの隙間《すきま》から無人の部屋を見て思う。

それにしてもすごい部屋だ。床一面が毛足の長い緋色《ひいろ》の絨毯《じゅうたん》敷き、手前にはガラステーブルに瀟洒《しょうしゃ》なソファの応接セット。天井にはシャンデリアが当たり前みたいな顔してぶらさがっている。壁際に並んだ書棚は葡萄《ぶどう》の蔓《つる》の彫刻が施された重厚なもので、奥には社長室にあるような執務机が三つ、たっぷり間隔をあけて置かれている。

その背後の壁には、まったく同じつくりの黒檀《こくたん》のドアが五枚。

設備がどこもかしこも豪勢な白樹台学園だったが、この生徒会室はとびっきりだった。

金が余ってるのか。僕みたいな落ちこぼれ寸前にも奨学金出してくれるくらいだもんな。
「失礼します……」
おそるおそる小声で言って、部屋に入った。
静かだった。まったく人の気配がしない。右手の窓からいっぱいに西陽《にしび》が差し込んで、野球部だかソフトボール部だかの練習している声や音が聞こえてきて、いっそう静寂を引き立たせている。
でも、聖橋《ひじりばし》キリカはまず間違いなく生徒会室奥の会計室にいると聞いている。デスクを迂回《うかい》して五枚の扉に近づく。それぞれプレートが埋め込まれている。いちばん右の扉から、こうだ。
《広報》
《副会長》
《会長》
《書記》
《会計》
役員それぞれに個室があるのかよ。そんなに金があるなら寮もぜんぶ個室にしてくれれば、僕が不当にうらやまれなくてすむのに。
左端の扉をノックした。

「――だれ」

少しかすれ気味の、女の子の声が中から聞こえてきた。

「……ええと。同じクラスの牧村《まきむら》だけど」

「なに」

生まれてこのかた二文字より長い単語をしゃべったことがないみたいな、ぶっきらぼうな口調だった。これは千早《ちはや》先生がめんどくさがるのもわかる。

「千早先生に言われてきたんだ。提出するプリント色々たまってるから」

「いい」

なにがどういいんだ。要らないって意味か？　要らないとかそういう問題じゃないぞ？

僕はだんだん腹が立ってきた。

「選択授業とか決めなきゃいけないいんだよ？　出さないと先生たちだって困る」

「わたしは困らない」三文字以上しゃべったと思ったらこれだよ！

「僕だって困るんだよ、千早先生に変な脅され方しててて」

「じゃあ、あなたが勝手に書いて出せば」

僕は扉の前にへたり込んだ。なんだそれ。

「選択授業なんてどれでもいいからてきとうに選んで」

本気で言ってんのかよ？

「……あのさ、僕は編入生だからこの学校のこと全然知らないんだよ。うちは普通科だから選択授業むちゃくちゃ多いし」

「べつにどうでもいい。どうせ授業出ないから」

僕はため息を吐き散らす。なるほど、教師たちにも完全にあきらめられているレベルの問題児だったわけだ。なんで退学にならないんだろう。

「授業出ないのに、なんで学校きてんの？」と思わず訊《き》いてしまう。

「八億円」

「……え？」

「昨年度の生徒会予算。八億円」

僕はちょっと耳を疑った。

八億円？

ガキが振り分けてガキが遣《つか》う金額が、八億円だと？

しかし、冷静に生徒数で割ってみると、一人あたり十万円。僕みたいな奨学生以外は学費をしこたま取られているだろうし、あり得る……のか？　いや、それで、いったいなんの話だ？

「ここなら、お金たくさん動かせる。お金動かすの好きだから」

「はあ……」

柔らかい絨毯《じゅうたん》に尻《しり》をついて、僕は間抜けな声を吐き出した。《会計》と書かれたドアプレートを見上げる。なるほど、生徒会の会計。

しかし、考えてみれば、僕よりもずっとましな理由じゃないか？　僕なんて家から逃げるためにここにきたのだ。白樹台《はくじゅだい》じゃなくても、どこでもよかった。それこそ中卒で就職しちゃう選択肢だってなくはなかった。ひるがえって、彼女には明確にこの白樹台でなくてはならない理由がある。

「楽しいの？　それって」

金を動かすのが好きという感覚はまったく僕の想像の枠外だったので、訊《き》いてみた。

「……え……？」

ドア越しに、明らかに戸惑いを含んだ声が返ってきた。

「いや、億なんて金額、自分の金じゃなくても見たこともないからさ。どういう感覚なのかなって」

「なんでそんなこと訊くの」

あらためて訊き返されるとこっちも困る。

「ただの好奇心だけど」

「そんなこと訊くの、あなたがはじめて」

「そうなの？」

「だってみんな、お金が好きなのか、そんなののために学校にきてるのか、って変な目で見るから」

そりゃそうだろうけど。

「僕なんて、親の顔見たくないから寮で暮らそうって思ってこの学校に入ったんだよ。それに比べれば、なんていうか、ううん、はっきりしてていいんじゃないの」

というか、全校生徒を見渡してみても、そこまで明確に『白樹台《はくじゅだい》にいなければいけない理由』を持っている人間は他《ほか》にいないんじゃないか。みたいなことを言ってみると、ドア越しの声は「ん、……そう……?」と、なんだかもどかしげになる。

それから、くすぐったい沈黙が訪れる。

なにしにきたんだ僕は。そうだ提出プリントだ。気づかないうちに落っことして絨毯《じゅうたん》の上に散らばっていたプリントをまとめて拾う。

自分から話をそらしてしまったので、どう声をかけていいか迷っていると、ノブの回る音がした。驚いて顔を上げる。

黒檀《こくたん》のドアが細く開いた。

少し灰色がかった黒い髪がまずのぞく。それからドアの端にかけられた指。やがて顔が半分だけ出てくる。

「あー……ええと」

僕がまだ言葉を絞り込めないでいると、彼女は左手を差し出してきた。ボールペンが握られている。

よくわからないまま受け取ったとき、はじめて、彼女のブレザーが二の腕までずり落ちていることと、首に紺色の帯を巻いていることに気づいた。だぶついたマフラーみたいに、あごの先を隠している。

人語をしゃべれるくせに人がきらいな猫。

そんな印象だった。眼《め》が、とくにそうだ。冷たくて無表情なのに、惹《ひ》きつけられる。

「書いて」と彼女は言った。

「え……あ、ああ」

僕は手元のプリント類に目を落とし、またすぐに顔を上げた。

「いや、だから、選択授業決めてよ」

「一緒でいい」

「え？」

「どうせ授業出ないから。……あなたと一緒でいい」

僕はしばらく呆然《ぼうぜん》として彼女の顔を見つめてしまう。

それは、楽でいいけど。……いいの？

彼女が身を引っ込めてドアを閉めようとするので、僕は我に返った。

でいる。

「あ、ちょ、ちょっと待って、あと進路アンケート！」

五ミリくらいの隙間《すきま》だけ残してドアの動きが止まる。猫の眼《め》が闇《やみ》の筋の真ん中に浮かんでいる。

「……進路？」

「どこの大学行きたいのか、とか」

「どこにも」

僕は頭を掻《か》いた。言うと思った。それじゃ困る。

「生徒会室」と彼女はつぶやいた。

「え？」

「わたしが居たいのは、生徒会室だけ。だから、そう書いておいて」

隙間が閉じた。それっきり、いくら待ってみても、物音ひとつしなかった。僕はしばらくプリントとボールペンを手に途方に暮れていたけれど、しかたなくデスクのひとつを借りて、彼女の言ったとおりに必要事項を埋めていった。選択授業はまだいい。僕とみんな一緒ということで単位も足りている。第一志望、生徒会室、だって。馬鹿《ばか》か。千早《ちはや》先生になんて言われるだろう。

でも、僕の進路じゃないし。彼女がそう言ったんだから、その通り書くしかない。その先は僕には関係ない。

入り口の扉に向かう僕の足取りは、来たときよりもだいぶ軽くなっていた。最初は二文字しかしゃべらなかったやつと、最後にはどうにかこうにか会話できたのだ。まずまず気分がよかった。やればできるのかな。クラスメイトとも、もうちょっと積極的に話をしてみようか……

ノブを握った瞬間、扉が廊下側にものすごい力で引かれ、僕はつんのめった。

「おっと」

だれかの腕に肩を支えられる。

身体を立て直して視線を上げると、切れ長の鋭い眼にぶつかった。

制服を着た、すらりとした長身の女だった。長い濡《ぬ》れ羽《ば》色《いろ》の髪を二つに束ねて垂らしている。その眼が猛禽《もうきん》みたいに細められる。

「なんだ、帰るところか。なんの用事か知らないけど、あたしが戻るのがぎりぎり間に合うなんて運がいいじゃないか」とその女は言った。

大凶——死ぬと思え——というクラスメイトの言葉が頭を巡った。

その女の腕章《わんしょう》には、そのときは気づきもしなかった。だいいち、狐徹《こてつ》、という生徒会長の名前だけを聞いたときには、僕は当然ながら男の名前だと思ったはずなのだ。にもかかわらず、その女が生徒会長であることが直感できた。

つまり、僕が感じていたのはこういうことだ。

ああ、こいつライオンだ、食い殺される。

女は牙《きば》をむいた。でもそれは僕の喉《のど》に食らいつくためではなく、笑っただけだった。彼女の視線は、僕が握っていたプリント類に注がれていたのだ。

「第一志望、生徒会室か。なるほどわかった。うちは慢性的に人手不足だ」

「……え、ええええっ？」

女の指が僕の両肩に痛いほど食い込んだ。

「総務執行部はきみを歓迎する」

「い、いえ？　けっこうです歓迎しないでください」

思わず変なことを口走る僕。会長の手が重く両肩にのしかかる。

「それにあの、勘違いされてるみたいだけど、その」

「勘違い？」彼女の眉《まゆ》が寄る。「きみはOCS1-F《高等部普通科一年F組》の牧村《まきむら》ヒトデ、本年度編入生で高等部第三寮住まいで、洗面所の電灯が切れかけているが身長が足りずに交換できないでいて、区立第四中学校に在学中は帰宅部で、この学校では力強い人間関係をつくりたいと思ってこの生徒会室に来たんだろう？　どこがどう勘違いなんだ」

僕は口を半開きにして一瞬固まる。

「……あ、ええと？　なんでそこまで知って……あ、いや、その、下の名前と、生徒会室に来た理由だけは全然ちがいますけど……」

クラスや名字はおろか、寮の部屋のことや中学時代のことまで、どうして。

「生徒のことを憶《おぼ》えていないようでは生徒会長はつとまらない」

僕はそのときは、たぶん数少ない編入生だからチェックしていたんだろうな、くらいにしか考えていなかった。天王寺狐徹《てんのうじこてつ》を完全に見くびっていたわけだ。

「あたしの記憶ではきみは放課後まったくひまなはずだ」

「え、ええまあ……」帰宅部を続けるつもりだったけど。

「友人も一人もいないしクラスメイトにすら自分から話しかけられない、そんなみじめなきみを総務執行部は全力で歓迎するよ」

余計なお世話だよ！

「失礼します」と言ってさっさと生徒会室を逃げ出した。僕の脳みそのキャパシティはもういっぱいいっぱいだった。あの聖橋《ひじりばし》キリカに続いて、あの天王寺狐徹である。生徒会室には今後一切近づかないようにしよう、と決意する。

＊

ところが翌日にはもう教室じゅうの噂《うわさ》になっていた。

「牧村おまえ生徒会入ったんだって？」

鞄《かばん》を机に置くなり、近くにいた男子生徒に訊《き》かれる。

「え、え?」

僕は目を白黒させて椅子《いす》に腰を落とす。

「いいなあ牧村《まきむら》」「なあ。入ろうったって入れないぞ生徒会」「会長も黙ってれば美人だし」「聖橋《ひじりばし》も黙ってなければ可愛《かわい》いし……」「聖橋って生徒会室に住んでるんだろ」「てことはあそこで着替えてんの?」「風呂《ふろ》もあるんだろ生徒会室だし」ないよ。馬鹿《ばか》言うなよ。……ないよね? ぜったいないとは言い切れないのがこの学校の怖いところだけど。

その後もクラスメイトたちの興奮がおさまるきざしさえ見せないので、「……うらやましいなら譲《ゆず》るよ?」と言ってみたら、全員そろって首を振った。

「こういうのは他人事《ひとごと》だから騒げるんだよ」

本音はしまっとけよ。わかってるけど聞きたくないよそんなの。

まあいいか、と始業のチャイムを数えながらぼんやり思う。こっちに入るつもりがないんだし、昨日の会長のあれも半分以上冗談だろうし、この話はこれでおしまいだろう。

放課後すぐの校内放送が僕の思惑をぶちこわした。無理に可愛らしくつくった感じの女子の声が、教師の出ていった直後の騒がしい教室に響き渡る。

『OCS1‐Fの牧村くん、OCS1‐Fの牧村くん、至急生徒会室に来てください』

しかし聞き誤りようもない。生徒会長の声だ。教室じゅうの視線が集まる。鞄にノートを詰め込もうとしていた僕は机に突っ伏した。なんで晒《さら》し者《もの》にするんだ。ぜったいに行くもんか。このまま寮に帰る。

『牧村くん、このまま寮に帰ろうとか考えないように！　十五秒以内に生徒会室！』

「無理にきまってんだろ！」なんで校内放送ごしに僕の考えがわかるんだよ。

『無理じゃない、あきらめちゃだめだぞっ』なんで会話が成り立つんだよ！

「がんばれ」「ついでに撮影頼む」

クラスメイトたちの無責任な声援を背に受けて、僕は教室を出た。

そのまま荷物をまとめて東京に戻ることまで一瞬考えたけれど、しかたなく生徒会室のある中央校舎に足を向ける。フランスの宮殿の庭園みたいな花盛りの広い中庭を横切りながら、話す内容を頭の中でまとめた。昨日のあれは誤解だと生徒会長に説明するべきだと思ったのだ。

生徒会室の目の前で、聖橋キリカとばったり顔を合わせた。ふくれあがった購買部の袋を抱えているところを見ると、お菓子を買いに出ていたところだったのだろうか。

「……なんでまた来たの」

開いたドアに身体を半分隠して彼女は訊《き》いてきた。

「ほんとに執行部入ったの？」

「いや、入りませんて言いに来たんだ。会長、全然話聞いてくれなくて」

「あの人はちゃんと話聞いてる。無視してるだけ」

「はあ」同じじゃないのか？

「入りたくないなら来なければいいだけなのに」

「あー、ごめん……怒ってるの？」昨日ひとりのところを邪魔しちゃったから。でもキリカはむっとした顔で首を振った。

「怒ってなんて……ない。どうしてわたしがあなたなんかに怒らなきゃいけないの」

怒ってんじゃん。キリカはさっと中に引っ込んでしまった。おまけにちらっと室内が見えたけど他《ほか》に人がいなかった。校内放送で呼び出しておいて失敬な。

やっぱり——帰るか。関《かか》わらないのがいちばんいい。

校舎を出て、中庭の高い木立が密集したあたりを通ろうとしたとき、背筋がぞくりとした。気配だけじゃなかった。実際に、芝生《しばふ》を踏む足音がいくつも背後に集まってくるのが聞こえた。

振り向いてまず目に入ったのは、柔道着姿で角刈りの屈強な男である。顔立ちはめちゃくちゃおっさんくさかったけど、黒帯に白樹台《はくじゅだい》学園柔道部、と刺繍《ししゅう》してあるから、ここの柔道部員なのだろう。その後ろにも二人、図体《ずうたい》のでかい黒帯が控えている。

「牧村《まきむら》ひかげだな？　1Fの？」

僕はたじろぎながらもうなずく。柔道部がなんの用？　なんで僕の名前知ってんの？

「生徒会に入ったんじゃないのか。さっき放送で呼び出されただろう」

「え、あ、いや、入るつもりないんで……」

「そうか！」柔道着男はにかっと笑って歩み寄ってきた。僕は後ずさる。「ならば柔道部に入らないか」

「え？　な、なんで」

そのとき、空を裂く音がして、僕と柔道男の間の地面になにかが突き立った。

木刀だ。芝生に数センチ刺さって痙攣《けいれん》している。

「柔道部は県大会にすら十数年出られていない未来のない部だぞ」

木立の陰から声がして、いくつかの人影が陽《ひ》だまりの中に歩み出てくる。

「それより剣道をやろうと思わないか牧村君」

黒い胴着に朱色の胴をつけた男たちだ。竹刀《しない》や木刀を担いでいる。いったいなにごとですか？　唖然《あぜん》とする僕に今度は右後ろから声がぶつけられる。

「格技系は臭《にお》うしモテねえぞ！」Tシャツ短《たん》パンの上にナンバー入りビブスを着けた連中が現れる。「一緒に国立《こくりつ》目指そうぜ牧村！」

「サッカー部は合《ごう》コンで酒飲みまくりだからそのうちばれて潰《つぶ》れっぞ。そんなやつらよりも俺《おれ》たちと甲子園を」

「うちに入って花園《はなぞの》を――」

「あたしたちと普門館《ふもんかん》――」

確認できただけでも野球部とかラグビー部とか吹奏楽部とか演劇部とか書道部とか将棋部とかが、手に手に入部届用紙を握りしめて僕を取り囲んだ。頭が真っ白になりかける。新手のいじめ？　編入生をこうやってからかう学校行事かなにか？

「あ、あの、どう、どういう」

「牧村《まきむら》さん、総務会計としゃべったって聞いてます」同学年らしき吹奏楽部の女の子が僕に指を突きつけて言った。「ほんとですか」

「……聖橋《ひじりばし》キリカと？　うん、まあ……しゃべったって言っても、ボールペン借りて、プリント類を代筆しただけで」

ざわめきが津波のように広がり、人垣が狭まる。

「やっぱりほんとだったんだ」「あの聖橋と、しゃべっただけじゃなく」「ペン借りた、だと？」「代筆頼まれただとぉ？」

なんでみんなして飢えた獣の眼《め》になるんだよ！

「だから、それがどうしたんですか」

「わかってねえのか！」柔道部がいきり立つ。「あの女とまともに会話できるのは生徒会以外じゃおまえだけなんだよ！　なんでか知らねえが」

「牧村君が入ってくれれば総務会計に取り入って予算が上げられる！」

けっきょく金かよ！

「副部長待遇にするぞ！」「うちは大学推薦のコネが」「予算上昇分の三割をリベートに」

好き勝手なことを口々に言いながら迫ってくる連中に気圧《けお》され、僕は逃げ出した。でも木立のすぐ向こうは寮の壁で、あっという間に完全包囲されて逃げ場を失う。

「入って！　兼部でもいいから！」

「とりあえずサインしろ！」「五月過ぎたら名誉幽霊部員でいいぞ！」

そのとき――

なにか大きな黒い影が僕の視界を真上から貫いて目の前の地面に突き刺さった。芝と砂がもうもうと舞い上がる。

音という音が断ち切られてしまったかのような沈黙の中、ゆらりと立ち上がるそのブレザーの後ろ姿は、だれだかすぐにわかった。束ねた黒髪が揺れ、唖然《あぜん》とする部活勧誘者どもを視線で撫で斬《なぎ》りにする。

「……か、会長……」「どこから」「い、いま、飛び降りて――」

だれかがうめく。僕も息を詰まらせて寮の壁をちらと見上げた。どこから飛び降りてきたんだ？　窓？　まさか屋上じゃないよな？　目の前に立つ女の背中に目を戻す。顔は見えなくても間違えようもない、生徒会長・天王寺《てんのうじ》狐徹《こてつ》だ。彼女は低い声で言った。

「あたしの可愛《かわい》い部下を有象無象で取り囲んで、いい度胸だ」

最初に剣道部の部長らしき男が我に返った。

「……勝手なこと抜かすな天王寺《てんのうじ》！　牧村《まきむら》君は生徒会には入らないと言っていたぞ」

「聞いてないな。あたしが聞いてないんだから言ってないのと同じだ」

会長が口にしたものすごい理屈に、僕を含めて一同凍りつく。

「でも、あたしは寛大で公明正大だから、諸君にもチャンスをあげよう」

言うが早いか会長の手が伸びて僕の左腕をつかむ。気づくと、ブレザーの二の腕に紺色の腕章《わんしょう》が巻かれていた。安全ピンではなく、なぜか洗濯ばさみで留《と》めてある。

「だれか一人でもこの腕章を奪えたら諸君全員の勧誘活動を許可しよう。好きなだけこの少年をもみくちゃにするといい」

「ちょ、な、なんでそんな勝手なっ」

僕は泡を食って会長の背中につかみかかろうとした。いや、勝手じゃないのか、そもそも生徒会長が部の勧誘活動を邪魔する方がおかしいのか？　でもこれはどうなんだ、変なゲームみたいなことしてないで素直に助けてくれたっていいじゃないか！

「……いいのか？」と人垣のどこかでだれかがつぶやく。

「でも会長だぞ」「全員で一斉に行きゃ、いくら会長でも」

「おまえ最初に行けよ」「なんスか先輩だらしないスよ女相手に」「うるせえな」

おびえの混じったひそひそ声が交わされる。だれも動こうとしない。

「なんだ。さっきまでの欲望むき出しの勢いはどうした、あたしはああいうエネルギーはきらいじゃないぞ」会長が面白がっている内心丸出しの声で言う。「しかたないからハンデもつけてあげよう。あたしは左手しか使わない」

最初に反応したのはやっぱり剣道部長だった。後ろの部下の手から竹刀《しない》をむしり取って芝生《しばふ》を蹴《け》る。

「天王寺ぃいいい死ねぇえええええ」ってちょっと待てなんで殺す気なんだよ！

会長の左腕が大きく円弧を描いた。次の瞬間には剣道部長の長身はきれいに前転して寮の壁に背中から叩《たた》きつけられる。

しかし唖然《あぜん》としたのは僕だけだった。みんな顔をゆがめるけれど、驚きはない。会長ならこれくらいやると知ってるから？

「なんでもいいから投げろッ」サッカー部が叫んだ。サッカーボールとラグビーボールとテニスボールとバドミントンの羽根が雨あられと降り注ぐ。僕は頭を抱えてうずくまった。怒号とともに金の亡者どもが押し寄せてくる。

「脚に突っ込めェッ！」「どさくさで脚さわれ」

「パンツ脱《ぬ》がせ」「倒せばなんとかな——んぶァッ」

会長の左手が回転を速め、地面に転がったボールを次々と投げ返し、殺到する連中の顔面に正確にヒットさせていく。壁沿いにすぐそばまで寄ってきたハンドボール部員が僕の肩をつかもうとした瞬間、会長が身をひねり、容赦《ようしゃ》のないデコピンがハンドボール部員を人垣まで吹き飛ばす。

「左右から同時に行けっつってンだろ、会長だって左腕は一本しかねえンだよ！」

「なら部長が行ってくださいよ！」

「フィッシング部、ネット持ってこい、上からかぶせて踏んづけろ！」

「長刀《なぎなた》部呼べ！」「アーチェリー部連れてこい！」

「化学部も呼べ、催涙ガス！」

もうむちゃくちゃであるが、数十人の襲撃者どもの無茶《むちゃ》さを合計してもまだ及ばないほど天王寺狐徹《てんのうじこてつ》はむちゃくちゃだった。ラグビー部の三方向からの同時タックルを、僕を背中にかばいながら受け止めてびくともせず、ちょっと身を傾けただけでまとめてこかし、剣道部が迅雷のごとき速度で打ち込んできた竹刀《しない》を五本まとめてへし折り、新体操部が投げつけてきたバトンを左手でひとしきりジャグリングしてから投げ返し、俳句短歌部が投げつけてきた上の句に見事な下の句を投げ返す。

壁際にへたり込んだ僕は、呆然《ぼうぜん》とするしかない。

あまりの事態に脳が煮えていたので、あんな短いスカートであれだけ激しく動き回ってよくパンツ見せずにいられるな……なんて品のないことを考えていた。会長のスカートに深々とスリットが入れられているのに気づいたのはそのときだ。どんな制服だよ。

「それで、どうする？」

会長が、まだ収まる様子も見せない猛ラッシュを左手一本でさばきながら、ちらと肩越しに僕を振り返って言った。

「……え？」

「ほっておけば毎日これが続くぞ」

僕はめまいをこらえながら首を振った。かんべんしてください。

「止める手はひとつだけだ。執行部に入れ」

「きっ……汚いですよ！」

「なんだか左手がだるくなってきたし昼寝でもするか」

「ああもうわかったわかりましたよ！」

僕は叫んだ。会長の脇《わき》をすり抜けてつかみかかってきたバスケ部員を無意識に張り倒していたことに、自分で気づきもしない。

「入りゃいいんでしょ！」

2

生徒会というのは読んで字のごとく生徒の会なので、その構成員は生徒全員である。

みんなが普段『生徒会』と呼んでいる、生徒会室に集まる五人の役員からなる組織は、正式には『総務執行部』という。

「五人、ですか」と会長に確かめた。

「五人だ」

天王寺《てんのうじ》狐徹《こてつ》は生徒会長の執務机に腰をのせて答えた。スカートからすらりと伸びた脚が危険な感じに組まれるので、僕は視線のやり場に困る。

「この白樹台《はくじゅだい》では、合衆国大統領選と同様、会長候補と副会長候補がペアで選挙に出る。就任したら、書記と広報と会計を任命する。この五役を総称して執行部という」

もっとも書記と広報は現在空席だけれどね、と会長は肩をすくめる。

「頼りにしていた先輩たちが受験のために引退してしまってね。後継者を育てていなかったのはあたしの手落ちだ。深く反省しているところだよ」

「はあ。それなら」

僕はさっきブレザーの左腕につけたばかりの腕章《わんしょう》を指さす。

「この『庶務《しょむ》』というのはいったいなんなんでしょう?」

「それは雑用とか使い走りとか奴隷とか三下とか雑魚とか戦闘員とかの文学的表現だ」

だよね……。そうじゃないかと思ってたんだ。

会長の背後に並ぶ重厚そうな黒檀《こくたん》の扉は、彼女の言葉通り、五つ。僕の役職の書かれたプレートは見当たらない。

「生徒会役員は必要に応じてそれぞれ補佐役を任命できる。きみは役員じゃないけれど、立派な総務の一員だ。立派にあたしのために戦ってあたしのために死んでくれ」

「いやですよ。ええと、ほんとのところはなにする役職なんですか。なんで僕なんかを入れたんです?」

訊《たず》ねると、会長はにんまりと笑い、机から飛び降りて僕に歩み寄ってきた。膝《ひざ》が触れあいそうになる。僕は後ずさり、ソファに腿《もも》の裏をぶつけてのけぞりそうになった。足の甲を踏んづけられ、あごをつかまれるので、息もできなくなる。

「きみが気に入ったから、ではだめかな?」

「え、な、なっ」

「まあ嘘《うそ》なんだけれど」

一瞬でもうろたえてしまった自分が情けない。会長は身体を離すのだけれど、足は踏んづけたまま言葉を続ける。

「あたしは、そういう公私混同はしない主義だよ。これでも公選された人間だからね。気に入ったからといって、いやがっている者をむりやり部下に加えたり賭《か》けの対象にしたり弱みにつけこんだり脅迫したりなんてことは」「全部やられたよ!」

会長はからから笑って僕のブレザーの胸をつついた。

「あたしがきみに頼む仕事は今のところ、とくにない」

「ない……んですか? 会長の補佐役だって、さっき」

「あたしの、とは言ってない」

僕は首をかしげる。そのとき、五つ並んだ黒檀《こくたん》の扉の左端が開いた。

「狐徹《こてつ》。予算案の第二ができたからチェックし——」

聖橋《ひじりばし》キリカは生徒会室に出てきてすぐのところで立ち止まった。腕章《わんしょう》マフラーに顔を半分うずめているので表情はわからなかったけれど、僕と会長をきつくにらんでいるのだけはわかった。

「……って、引っ込むなよ!」

会計室にそのまま戻ろうとしたキリカを僕はあわてて呼び止める。

「なに」

「い、いや、その、なにも言われないのがいちばん困る。なんかつっこんでよ」

会長の足の下から上履きを引っこ抜いてキリカに近づく。と、背中に会長の声。

「なんのためにきみを執行部に入れたと思っている？」

振り向くと指を突きつけられる。

「ボケばかり三人でツッコミが足りなかったからだ」「漫才部行けよ！」「まあ今のも嘘《うそ》なんだけれど」「目がだいぶ本気でしたけど！」「ほんとうのところはキリカの補佐役だ。あたしのじゃなくてね」

会長の指先が僕からそらされ、会計室の方に向けられる。僕はもう一度そちらを振り返った。キリカは黒檀の扉に半分身体を隠して言った。

「要らない。会計の仕事は人数増やしてもしょうがない」

「そっちじゃなくてもうひとつの方だ」

キリカは少しの間、黙った。腕章のマフラーのせいでくぐもった声が返ってくる。

「それも要らない。それより予算案。早くチェックして」

なにか小さなものをドアの前の床に放《ほう》り捨てると、キリカは中に引っ込んでドアを閉めてしまった。

会長はなにやら愉快そうな笑みを浮かべながら会計室の前まで行ってそれを拾い上げる。どうやらＵＳＢメモリのようだ。予算案の第二ってなんだろう。いや、それよりも。

「……なんですか、もうひとつの方って」

どうやら僕がなんの補佐をするのか、という話だったようだけれど、キリカがあの通りの反応なのでさっぱり事情が見えなかった。

会長が会計室の扉をあごでしゃくって言う。

「あの子、首に腕章《わんしょう》を巻いていただろう」

「ええ……」たいそう奇妙なファッションです。

「あれは二枚つないで帯状にしてあるんだ。そうでなきゃあんなにだぶつかない」

「そういえば」

「あの子だけ、会計の他《ほか》にもうひとつ役職があるんだよ。きみはそっちの補佐」

「あー、書記か広報を兼任してるってことですか」あの性格からして広報は無理そうだから書記なのかな、と思ったけれど、会長は首を振った。

「どちらでもない。きみの《庶務《しょむ》》と同じく、特務だ。あの子は、我が白樹台《はくじゅだい》の誇りのひとつだよ」

「……なんですかそれ」

「そのときがきたら本人が見せるだろう。あの子の数少ない見せ場だから、あたしがさらっと教えちゃうわけにはいかない」

なんだそりゃ。見せ場？　だいいち僕はどうなる、どんな仕事かわからないのにどうやって補佐しろってんだよ？

「あの、会長も昨日の連中と同じってことですか？」

「ん？」

「僕がキリカといくらか会話が成り立ちそうだから、なんとなく話し相手に、って」

「いくらか近いけれど、ちがうよ」と会長は笑った。「言葉では説明しづらい。一緒にいればそのうちわかる」


副会長が生徒会室にやってきたのはそれから五分くらい後だった。僕はそのときソファのそばに立って、プリントアウトした予算案を読み上げていた。会長は転がっていぎたなくいびきをかいている。

「ひかげさん、いらっしゃったのですってっ？」

生徒会室のドアが開いて駆け込んできた人影に、僕は思わず目を細めてしまう。まばゆいアッシュブロンドの髪に琥珀色《こはくいろ》の瞳《ひとみ》、シャンパンのようにはじける笑顔。うちの制服がなんだかべつものに見えるくらいのプロポーション。

「まあ！　ひかげさん、ですね？」と言って彼女が駆け寄ってくるので、僕は面食らって何歩か後ずさる。

「読むのをやめていいとは言っていないぞ」寝転がった会長がいきなり言った。あんた眠ってたんじゃなかったのか、聞いてたのかよ？　しかしそれどころではない。金髪女が僕に抱きついてきたからだ。

「ちょっ、な、なに」

「ああ、やっぱり！　ひなたさんのおっしゃっていた通りですわ、ひなたさんの面影《おもかげ》がありますす」

僕は彼女の腕の中で目をぱちくりさせる。ひなた、というのは、僕の姉の名前だ。姉を知っている？

「美園はきみと同じ編入生だ。中学まではべつの附属中にいた」

その中学校の名前は聞き憶《おぼ》えがあった。姉が通っていた附属高と同系列の学校だ。たしか大学までのエスカレーター校だったはず。そこで姉と面識があったのかな。同じ附属なら中高間で生徒の交流があるだろうし。

いや、だからってなんで抱きつくの？　僕は必死で彼女の腕をほどく。すると彼女は今度は僕の両手を握りしめて視線を合わせてくる。

「憧《あこが》れのひなたさんの弟さんが白樹台《はくじゅだい》にいらっしゃるなんて！　編入生名簿で見つけたときには小躍《こおど》りしてしまいました」

「はあ……」

「あっ、申し遅れました、私、竹内《たけうち》美園《みその》と申します。ああ、お逢《あ》いするなりはしたないま

ねをしてしまって」

そう言って頭を下げる彼女の左腕に紺色の腕章《わんしょう》が巻かれていることに、ようやく気づく。《総務執行部　副代表》という金糸《きんし》の刺繍《ししゅう》文字。

「副会長さん、ですか」

「はい。生徒会のことでなにかありましたら、遠慮なくなんでも言ってくださいね。狐徹《こてつ》はこの通りなんの気遣《きづか》いもできないし、キリカさんもあの通り気遣うような余裕のある方じゃありませんから」

「あたしは気遣えないいんじゃなくて気遣わないいんだ」と会長はソファの上で両脚をばたつかせて言った。「安売りしたらありがたみがないだろ」

僕は会長を無視して美園《みその》先輩に頭を下げた。いきなり抱きつかれたのはびっくりしたけれど、どうやら会長やキリカに比べればずっとまともな人のようで安心した。

しかし、これで全員か、と僕は思った。人手足りなすぎじゃないのか。全校生徒は八千人以上いるというのに。おまけに僕は生徒会役員がどういう仕事をするのかもさっぱり知らない。

「書記も広報も探してはいるのですけれど、なかなかこれという人材が見つからないのです。狐徹の理想が高すぎて」と美園さんは透《す》き通った細い眉《まゆ》を寄せる。

「問題は我々が三人とも麗《うるわ》しすぎるということだろうね」と会長。自分で言うな。「選挙で負ける気はしないが新しい役員が見つかる気もしない。困ったものだ」

むりやり連れてこられた僕も、役員じゃないわけだよな。だいたい、なんで僕があの聖橋《ひじりばし》キリカの補佐役なんだ。要するに子供のおもりかよ？　僕に任せられそうなことといったら、それくらいだろうけど。だから役員じゃなくて《庶務《しょむ》》なんだろうし。

「さて」と会長はソファから飛び跳ねるようにして立ち上がり、僕の手からプリントアウトを引ったくって美園《みその》先輩に渡した。

「予算第二案。調整しようか」

「今年はいくつまでつくるつもりですの？」

「第五案までかな。議会、図書委員、監査委員あたりには手の内を見透《みす》かされているふしがあるから、腰を入れてやらないと」

美園さんはソファに腰を下ろして予算案に見入ってしまう。会長は再びソファに寝転がり、当たり前みたいな顔をして美園さんの膝《ひざ》に頭を預けた。美園さんもなにも気にせず会長の黒髪を左手で梳《す》き、右手でプリントを器用に繰る。なんだこの二人……。

手持ちぶさたになった僕は、会長が飲み物をとりに立ったときに訊《き》いてみた。

「予算案てあんなにつくるんですね。あれで会議とかで話し合ってベストの案を決めるわけですか？　委員会も部活も死ぬほどいっぱいあるんですよね、決まるのかな」

「まさか。通す予算はもう決まっている。あたしの可愛《かわい》いキリカが最初につくった第一案だよ」

会長は冷蔵庫に寄りかかって言った。

「きみは不動産屋に物件を探しにいったことはある？」

「……え？」

あるわけないだろ。「高一ですよ僕は」

「でも将来のために憶《おぼ》えておくといい、不動産屋の常套手段《じょうとうしゅだん》だ。彼らは必ず物件を二つ内見させてくれる。一つ目が囮《おとり》の、ひどい条件の物件。二つ目が本命の、契約をぜひ結びたい物件。囮を先に見せられた顧客は、本命の部屋を見て、これならずっとましだ、いい条件じゃないか——と心理誘導されて判子を捺《お》してしまうのさ」

「はあ」

なんとなく、言っていることはわかった。

「つまり低い予算を先に見せてから、第一案を見せて納得させるわけですか」

「そういうこと。これはね、こたえられない快感だよ」

会長は爬虫類《はちゅうるい》めいた笑みを見せた。わかってはいたけれど、ろくでもない人である。

しかしさらにショックなことに、美園《みその》先輩もまた会長に膝枕《ひざまくら》を貸しながら「男子バレー部は関東大会メンバーがあらかた引退、部長も一年生です。もう少し足下を見てもいいのじゃないかしら」とか相談している。あんたもか！

＊

会長の言葉どおり、僕の仕事はそれからもとくになかった。

クラスメイトみんなの視線と、僕の隣の空席から放たれるプレッシャーに毎日負けて、一応は生徒会室に足を運ぶ。でもやることがない。キリカはずっと会計室にひきこもっているし、会長の話し相手は疲れるし、各委員会の巡回は美園《みその》先輩がひとりで全部やってしまうし、予算の話はさっぱりわからない。

「いけませんひかげさん、掃除《そうじ》に洗い物なんてなさって！」

雑用をしていると美園《みその》先輩が飛んできて叱《しか》られる。

「家事なんてされたら、いい旦那様《だんなさま》になれません！」意味わかんねえ。

「いや、でも、することないんですよ」

「ひかげさんは私の目の保養になるという大切なお仕事があります」

どうやらこの人は僕の姉の牧村《まきむら》ひなたが好きで好きでしかたないらしく、多少なりとも姉の面影がある僕を見ているだけで満足するようなのだ。これでも美園先輩はまだ僕を人間扱いしてくれる方だ。キリカはもっとひどい。たまに生徒会室で顔を合わせるとこんなことを言う。

「なんで毎日いるの」

僕はむっとして腕章《わんしょう》を指さす。

「不本意ながら庶務《しょむ》になりました牧村《まきむら》ひかげです、よろしくお願いしますね！」

慇懃《いんぎん》無礼《ぶれい》に言ってみた。

「不本意なら来なければいいのに」

うっ。はっきり言われると困る。

「会長が、僕はキリカの補佐役なんだって言ってて……もうひとつの役職ってなに？」

「要らない」

会話成り立ってないじゃん、と僕は絶望的な気分になった。それでも根気よく言葉を続ける。

「仕事があるならなんでも言ってよ。ひまだし」

キリカはまつげを伏せ、首の腕章をちょっと指で引っ張ってため息をつくと、会計室のドアを指さした。

「開けゴマ」

「普通に開けろって言えよせめて！」

「イフタフ・ヤア・シムシム」

「アラビア語《ご》ーっ？」

「ちがう！　いや、ちがわないけどちがう！」

「呪文《じゅもん》ちがう？」

「じゃあいい」

キリカは自分でドアを開けて会計室に引っ込んでしまった。なんなんだ。

いちばんひどいのはもちろん会長である。

「ヒロム、柔術部から指導の依頼が来ているんだ。あたしの修《おさ》めている古武術を参考にしたいらしい。受け身不可能な頭部破壊技があるんだが、実験台がいなくてね。ジャージに着替えてくれないか」

「色々言いたいことはあるけどまず、僕はヒカゲです。いいかげん憶《おぼ》えてください」

「ヒ……ヒトバシラ？」

「ヒしか合ってねえし二文字も余ってるし人柱にしたいだけじゃねえか！　僕だって頭が潰《つぶ》れりゃ死ぬんです！」

「でもヒロムは庶務だろう。仕事があるならなんでも言え、とさっきキリカに」

僕は生徒会室を逃げ出した。後で調べてみたら『柔術部』というのは柔道部とはべつにあるクラブで、その名の通り、柔道のルーツとなった戦闘技術を研究するやばい部活だった。いくら膨大な生徒数を抱えて多様性を売りにしている学校といっても、なんでそんなものが認められているのかさっぱりわからない。

そうして僕は徐々に生徒会室に行かなくなった。

仕事がないせいもあったし、女どもが横暴なせいもあったけれど、いちばんの理由は勉強が忙しかったからだ。六年制でカリキュラムが組んであるので、編入生の僕は授業にさっぱりついていけなかった。おまけにこの学校はしょっちゅうテストがある。入学してから二週の間に、もう二回もやった。生徒の能力と適性を細かくチェックして、場合によっては年度の途中でも別の学科への移籍をすすめるためだという。

＊

普通科に入ったのは失敗だった——というのが、入学して半月の僕の結論。

この白樹台《はくじゅだい》には芸術科と体育科を含めて十四もの学科があって、普通科がいちばんテストと必要単位が多い。僕が楽に卒業できそうなのは情報学科だった。二年生からそちらに移れるように、というのが主なモチベーションになって、僕は放課後、足繁《あししげ》く図書室に通うようになった。

やっぱり僕に生徒会活動なんて合わないよ、と思う。

会長、美園《みその》先輩、それにキリカ。みんな、濃密な熱を持っている人々だ。僕みたいに、息をひそめてあと三年をやり過ごそう、なんて考えている人間にとっては、近づくだけで肌がちりちり焦げそうな気がしてくる。

一度、放課後すぐに生徒会長から校内放送で呼び出しがあったけれど、無視したらなんだか心が軽くなった。そういうとき図書室は逃げ込むのに最適な場所だ。聞こえてくるのはページをめくるかすかな音と、ときおり椅子《いす》を引く音だけ。高等部第三図書室は天井の低い三階建てで蔵書もぎっしり、自習スペースも広くて、ほとんど「図書館」と呼んでいいくらいの環境だった。

けっきょく勉強にはあまり手を着けず、小説ばかり読んでいたけれど。

このままフェイドアウトかな。やることがないんだから、僕が生徒会室にいる必要はないんだし、会長は飽きっぽそうだったし、僕のことなんてするっと忘れているだろう。そうしたら思い描いていた通りの日々に戻れる。この学園は敷地内に四つも図書室があって、ひまつぶしには困らない。三年は長いけれど、なんとかなる。

＊

白樹台学園は全寮制ではないので、寮生は全校生徒のおよそ四人に一人にとどまっている。それでも敷地内に六つに分かれて点在する居住区は、それぞれが並の学校ひとつぶんくらいの規模の施設を備えた立派なものだ。

僕が住んでいる高等部第三寮、通称《トネリコ棟》は、蔦《つた》の這《は》う赤煉瓦《あかれんが》造りの古びた佇《たたず》まいで、学校案内にもきまって写真が載せられる名所だった。見た目はしゃれているけれど設備は古い。シャワーはしょっちゅうお湯が出なくなるし、窓からは隙間風《すきまかぜ》が入ってくる。僕の部屋は一階の南の突き当たりで、とくに陽《ひ》あたりが悪い一角だった。

「いちばん古い寮だから、……出るぜ」

僕が入居してすぐ、隣の部屋の高等部三年の先輩は、そう言っておどかしてくれた。

「牧村《まきむら》が一人住まいなのは、あの部屋の前のやつが自殺して……」

先輩たちは面白半分に話に尾ひれをつけていく。やめてくれよ。

寮の管理人のおじさんに訊《き》いてみたら、前の住人は単に卒業でいなくなっただけだった。

でも、寮生が奇数なのでたまたま僕がその端数にあたっただけのこと。

でも、しょっちゅう衣装棚や靴箱からかさこそ音がして、夜はおちおち眠れなかった。ネズミでもいるんだ、きっとそうにきまっている、と何度も何度も自分に言い聞かせた。

部屋のつくりがまた大正時代に建てられたホテルみたいに無駄に重厚で、住み心地はあまりよくなかった。

とはいえ図書室が閉まった後は他《ほか》に行くところもないので、ひとりきりの部屋に戻って借りてきた本を窓際で読んだ。棟の庭の花壇は眺めがよくて、寮にまつわるあれこれの中で僕が唯一気に入ったものだった。

部屋を訪れるのは管理人のおじさんだけだった。

「手紙ですよ杉原《すぎはら》くん」

「いや、だから、杉原は僕じゃないです」

もうこのやりとりは四度目だった。

寮生への郵便物は、まず管理人さんのもとにまとめて届けられ、それから各部屋に分配される。僕が入居してから二日に一度という異様な頻度で手紙がきたのだが、みんな僕宛《あて》ではなく、どうやら前の住人宛に間違って出されたもののようだった。管理人のおじさんはまだ住人が変わったことを憶《おぼ》えきれていないのか、毎度のように持ってきては「ああごめんごめん牧村くんでしたね、杉原くんはもういないんだっけ」と頭を掻《か》く。僕、そんなに記憶に残らない人間なんだろうか。いくらか自覚はあるけれど。

だから、四月の半ば、姉からの郵便が届いたときも、「ほんとに僕宛《あて》ですか？」と思わず二度も確かめてしまった。

「あ、ああ、牧村ひなたさんから。間違いないでしょう？」

大判封筒の中身は、水着の女が表紙のグラビア雑誌だった。なんだこりゃ。

その夜、姉からメールが来た。

『愚弟《ぐてい》、元気にやってる？』と彼女は書いていた。『夜中にひとりでさみしい思いをしているだろうから、私がこないだ出た雑誌のグラビアを送るね。今日着いてるはず』

僕は勉強机に座って、かたわらの大きな封筒からはみ出た雑誌のカラーページを見やってため息をつく。ミスキャンパスの大胆水着！　というキャッチコピーには、なにか哲学的なものすら感じる。あいかわらずだね姉さん。

携帯電話の画面をスクロールさせてメールの続きを読んだ僕は、呆然《ぼうぜん》としてしまう。

『美園《みその》ちゃんに電話で聞いたけど、生徒会入ったんだって？　むかし私がひかげの話をしたら興味津々だったもんね。クラス分《わ》けでわざと生徒会の子の隣の席になるようにして、生徒会室来るように仕向けたって言ってたけど、美園ちゃんほんとにそんなことできるの？　あんたのところの生徒会そんな権力あんの？』

携帯を閉じて、机に置く。

そのすぐそばには、くしゃくしゃに丸めた紺色の腕章《わんしょう》。

天井を見つめていると、廊下の足音と、腹減った、学食どこ行く、という声が聞こえた。窓の外をどこかの運動部のランニングのかけ声が通り過ぎていった。

そんな権力あるのか？

あるのだろう、たぶん。変な学校だし。美園先輩は密《ひそ》かに腹黒そうな人だったし。

つまり、偶然じゃなかったわけだ。あの人は、よくわからないけれど姉に憧《あこが》れていて、姉の話を聞きたいとか姉とつながりを持っておきたいとかそんな考えで、クラス分《わ》けにまで手を回して僕をキリカの隣の席にして、生徒会室にやってくるように仕向けた。

なんだかなあ。最初からそう言えばいいのに。そしたら僕は実家に電話して、姉の卒業アルバムとか写真とか送ってもらって、先輩にどっさり渡して、それでおしまいにできた。図書室のぬかるみのような陽《ひ》だまりにすぐに戻れた。あんな部屋に行く必要もなかったし、こんな腕章を押しつけられることもなかった。

＊

翌日の夕方、僕が姉からもらった雑誌をぱら読みしていると、ドアにノックの音がした。

「牧村《まきむら》！　いるかっ？」

隣室の先輩の声だった。ちょっと切羽詰まった感じだったので、急いでドアに走る。

「竹内《たけうち》が来てる」

「……竹内？」名字だけを言われて、一瞬だれのことかわからなかった。

「副会長だよ！」

男子寮エントランスのロビーのソファに腰掛けたアッシュブロンドの女子生徒は、間違いなく美園先輩だった。

「は、入っていいんですか、男子寮ですよっ？」

まずなによりも先に出てきたのはそんな言葉だ。

「女子は男子寮に入ってもいいんです。逆はだめですけれど」

美園《みその》先輩はぴんと人差し指を立てて得意げに言った。

「狐徹《こてつ》が最初に会長に当選したときの公約だったんですって」

「はあ……」

寮の規定まで生徒会が変えられるのか。いや、そんなことはどうでもいい。それより。

「え、えと、それで、なんで先輩が」

言いかけて、ロビーの入り口に鈴なりになった男どもの視線に気づき、僕は背中にぞわぞわした悪寒をおぼえて、美園先輩の手を取った。

「あの、ここはなんか感じ悪いから、話があるなら外で」

寮を出てすぐのところに、棟の通称の由来となったトネリコの樹《き》が並んでいて、裸の梢《こずえ》のあちこちで葉が芽吹きを迎えようとしていた。

僕はまばらな木陰の中で、美園先輩の横顔をちらとうかがった。先輩が口を開く。

「生徒会、きらいになっちゃったんですか?」

いきなり直球。僕は咳《せ》き込みそうになる。

「……い、いえ? べつにそういうわけじゃ」

「だって、ここのところちっとも顔を出してくださらないし」

「そんなことありませんわ。いてくださるだけで生徒会室が華やぎますもの」

「僕がいてもやることないので……」

「会長は、すぐに飽きるんじゃないですか。僕なんて」

「狐徹もあれでけっこうなさみしがりやなのです。ひかげさんが来てくださらないと
ぬいぐるみでも置いとけよ。

「私は飽きたりしませんから！」

美園先輩はいきなり僕の両手を握って顔を寄せてくる。どきりとして後ずさり、トネリコの幹に後頭部をぶつけてしまう。

「ひかげさんなら一日中でも見つめていられます！」頭大丈夫か。

「あー、あのう、姉からメールがきたんです」

「ひなたさんからっ？」美園先輩の顔に朱がさす。

「それで、僕のクラス分《わ》けを先輩が仕組んだとかって……」

「きゃあああ」

美園さんはほおを赤らめて目を伏せ、僕の手を握ったまま上下左右に振り回した。

「ひなたさんっ。言っちゃうなんてひどい」

僕はあらためて啞然《あぜん》とする。ほんとだったのかよ。

「だってあのひなたさんの弟さんなんですよ、教務主任ちょっと脅《おど》かしてでもキリカさん

の隣にするにきまってるじゃないですかっ」

当人の僕に言ってどうする。うすうす気づいてたけどこの人ちょっと病的だ。僕は強引に手をふりほどいた。

「あの、言っておきますけど、僕は姉のことあんまりよく知らないから、なにも話せることなんてないですよ。あんまり仲良くないし、僕とつきあいがあるからって姉に渡りがつけられるわけでもないです」

美園《みその》先輩は一瞬ぽかんとした。僕はきびすを返す。

「ち、ちがいますひかげさん、そういうことじゃ」

その声を無視して寮の中に戻った。玄関口の左右に張り付いていた大勢の男どもの視線が突き刺さる。

「牧村《まきむら》おまえ……」「副会長によくもあんな冷たく……」「手ぇ握りやがって」「その手をなめさせろ」「きもいぞおまえ」

首をすくめてエントランスを横切り、早足で廊下を渡った。

廊下の曲がり角に階段室とつながった小さめのロビーがあって、そこにバスケ部員たちが数人たまってソファを占領していた。何人かは知った顔、この寮の住人だ。僕は通り過ぎるときに思わず息を詰めてしまう。おもてが騒がしいけどどうした、なんて訊《き》かれたりしたら困る。

でも、彼らは彼らで忙しいみたいだった。

「金額あってる？」「釣り足りねえんじゃねえの」

「次から部費は千円単位にしようぜ」「おまえらがぴったり持ってこないからだろ」

「自販機で両替すれば」「あ、じゃあ俺《おれ》も行く」「俺《おれ》も」

どうやら部費を集めていたようだったけれど、みんなソファから立って僕とすれちがいエントランスの方に行ってしまった。

ようやく静けさが戻ってきて、僕は自室の扉の前で息をつく。

美園先輩とはだいぶ失礼な別れ方をしてしまってちょっと心が痛むのだけれど、あれくらいぶっきらぼうにしておけば、もう放っておいてくれるだろう。

部屋に入ってそのままベッドに突っ伏し、まどろんでいた僕は、乱暴な足音と、続けざまにドアを叩《たた》く音で飛び起きた。

「おい！」「いるか！」「いるなら出ろ！」

うちの部屋のドアじゃない。隣室？　いや、どんどん近づいてくる。なんだいったい。ノックの衝撃がベッドにまで伝わってくるぐらいだったので、僕は起き上がって部屋の入り口に走った。

「……どうしたんですか」

ドアを押し開けると、廊下にトレーニングシャツと短《たん》パン姿の男子生徒たちの姿があった。さっきロビーにいたバスケ部員だ。

「いた」「牧村《まきむら》いたぞ」「出てこい」

襟《えり》をつかまれ、廊下に引きずり出された。

「ちょっ、な、なん――」

「どこにやった」

バスケ部員の二年生が頭突きしそうな勢いで顔を近づけてくる。

「なにを、ですか」

「とぼけんな部費の封筒だよ！　八万円だぞ！」


騒ぎはすぐに寮じゅうに広がった。僕の部屋がある廊下に寮生もそうじゃない連中も殺到して人垣をつくる。

「だから！　二分も目ぇ離してねえって、だいたいロビーから自販機まで一本道で、他《ほか》にだれも通らなかったんだぞ！」

激昂《げきこう》したバスケ部員は大げさな身振りでわめき、僕を指さす。

「牧村以外だれも！　だからこいつにきまってるだろ！」

僕は唾《つば》を飲み下して必死に喉《のど》の震《ふる》えを落ち着かせ、状況を整理する。

バスケ部員たちの弁によれば、部費八万円を入れた封筒をロビーのソファに置いたまま、全員で連れ立ってエントランスの自動販売機コーナーに行ってしまったのだという。飲み物を選んでいるときに一人が気づき、あわてて取って返したところ、封筒は消えていた。ロビーから僕の部屋までの間に八部屋あるのだけれど、すべて不在。

つまり、犯行が可能なのは僕だけ——と彼らは主張しているのだ。

「いや、やってませんってば！」

「おまえしかできねえんだよ、他にだれがいるんだ！」

「……な、なにか、その、思い違いじゃないですか、べつの場所に置き忘れたとか、だれかのポケットに入ってたりとか」

「ンなの真っ先に探したにきまってンだろ！」「封筒置いたのはみんな憶《おぼ》えてンだよ！」

他のバスケ部員から一斉に突っ込まれる。集まった野次馬《やじうま》たちは複雑そうな視線をちらちら僕に投げながら小声でなにか言い合っているだけだ。

「部屋調べさせろ」とバスケ部員が言った。僕は目をむく。

「え、あ、いや、ちょっと今は」

机の上に、姉からもらったグラビア雑誌が開きっぱなしで置いてあるのだ。実の姉の水着写真を見てた、なんて知られたくない。

「おい、怪しいじゃねえか」「封筒、部屋ン中隠したんだろ？」

「ちょ、ちょっときみたち！　なんです、どうしたんです」と年食った男性の声が人垣の向こうから聞こえた。野次馬《やじうま》をかき分けて出てきたのは管理人のおじさんだ。

さらにその向こうに、透《す》き通った金色の髪の人影が見えた。

美園《みその》先輩だ。廊下の壁に手をついて大粒の目をさらに見開き、僕を凝視《ぎょうし》している。僕はなにか言おうとした。でも先輩は長い金髪をひるがえして廊下を走り去っていった。熱ぼったい絶望が僕を押し包んだ。

いや、なにを期待していたんだ？　助けてくれるとでも？　さっき、あんなに邪険に突っぱねたくせに。僕が美園先輩に気を取られている間に、バスケ部員の一人が僕を押しのけてドアを開けた。

「ま、待って！」

遅かった。もう一人、さらに一人、僕の部屋に押し入っていく。唖然《あぜん》とする僕の背後で、だれかが管理人のおじさんに事情を説明している声が聞こえる。

僕も床を這《は》って部屋に転がり込んだ。雑誌なんてどうでもいいから素直に調べさせればよかった、と後悔する。僕がやったわけじゃないんだから封筒なんて見つかるはずがないのだ。

でも、「おい、あったぞ」という声で僕は凍りつく。

「ち、ちがっ」

　バスケ部員がベッドの足下から拾い上げたのは、ぎざぎざに破れた茶色い紙片だった。茶封筒？　見憶《みおぼ》えがない。おい、ちょっと待て、どういうことだよ、そんなの知らないぞ、僕は盗んでないぞ？

「……あったのか」「ほんとに？」「牧村《まきむら》が」

　部屋の入り口に詰めかけた寮生たちがざわつく。僕の唇がむなしく沈黙を噛《か》む。なんだよこれ。どうなってるんだ？　バスケ部員が僕の襟《えり》首を再びねじり上げる。

「どこに隠したんだよ！」

「まだ言い訳する気じゃねえだろうな！」

　罵声《ばせい》が顔に叩《たた》きつけられる。僕はもうなにを言っていいかもわからず、電源を引っこ抜いた後の扇風機みたいに力なく首を振るしかない。

「きみたち、暴力はやめなさい」

　管理人のおじさんの声が遠い。

「どうすんだこれ」「先生呼ぶしかないだろ」「牧村が……」「警察か？」

　警察？　警察だって？　やめてくれよ、僕はやってないんだ、その封筒の切れっ端だって知らないうちに転がっていたんだ。なんで。なんで僕がこんな目に――

「おい牧村なんとか言えよ」「とにかくまず金返せよてめえ！」

　つかまれた肩が激しく揺さぶられる。

そのとき、声が響いた。

「静粛《せいしゅく》になさい！」

全員が振り向く。部屋の入り口だ。

廊下にたまった人だかりを押し分けて、金色の光がこぼれ出てくる。僕は目を見張る。

「副会長……」「美園《みその》先輩？」「マジで」「さっき帰ったんじゃ」

ざわめきが広がっていく。たしかに美園先輩だった。僕は床にへたり込んだまま、先輩の顔を見上げる。なんで戻ってきたんだ？

彼女は一人ではなかった。手を引かれて、もう一人が人垣の中から滑り出てくる。ざわめきがトーンを変える。

「聖橋《ひじりばし》……？」

「うそ」

「実在したのかよ」

僕はもう、度重《たびかさ》なる驚きで呼吸のしかたもうまく思い出せなかった。部屋のドアの前に出てきた二人目の少女は、たしかに聖橋キリカだった。白んだ夜明けの空みたいな髪、肘《ひじ》までずり落ちたブレザー、首にマフラーのように巻かれた執行部会計の腕章《わんしょう》。その瞳《ひとみ》は部屋をぐるりと巡った後で、僕の顔に向けられる。

手を差し伸べられたので、立て、という意味かと思って僕は腰を浮かせた。でも、キリカは首を振った。

「そうじゃない。お金」とつぶやく。

「……え？」

「事件、解決前払いなら千五百円。後払いは千八百円」

僕はあんぐりと口を開けたまま数秒固まった。ここまできて守銭奴《しゅせんど》？　しかも解決ってなんのことだよ？　ちらとまわりをうかがうと、呆気《あっけ》にとられているのはやはり僕だけで、みんな固唾《かたず》を呑《の》んでキリカを見守っているのだ。なんなんだこれ。

「ひかげさん。キリカさんに任せておけば大丈夫です。キリカさんはそのためにいるんですから」

美園先輩が真剣そうな顔で言った。

「……なんなんだよ」

ようやく、声が漏れ出た。

「なんなんだよこれ？　いきなり押しかけてきてわけわかんないこと言って」

そのとき、キリカが右手を持ち上げた。立てた人差し指を、自分の首筋——腕章の下に潜り込ませる。

その手が、左斜め下に払い落とされた。

首に巻かれた腕章がわずかに浮き上がって百八十度回るのを、スローモーションで見つめながら、僕は生徒会長の言葉を思い出していた。

——あれは二枚つないで帯状にしてあるんだ。

——あの子だけ、会計の他《ほか》にもうひとつ役職があるんだよ。

うなじ側に隠れていたもう一枚の腕章《わんしょう》が、首を巡ってキリカの正面に現れる。紺色の生地に金糸《きんし》で、こう刺繍《ししゅう》されている——

《生徒会　総務執行部　探偵》

彼女は繰り返した。

「前払いなら千五百円。後払いは千八百円」


キリカの調査は、バスケ部員や僕や管理人さんや野次馬《やじうま》どもが見ている前で行われた。僕にもいくらか事情が飲み込めてきた。これはほんとうにキリカの役職なのだ。つまり彼女は何度もこんなことを繰り返してきて、それは学校じゅうに広く知られているのだ。

探偵。

生徒会の、探偵。

だからみんな黙って、好奇心と不安と期待の入り交じった目で見守っている。

彼女はまず、たじろぐバスケ部員の手からちぎれた封筒の破片を抜き取り、窓の光にかざし、ちょっとにおいを嗅《か》ぐ。それから僕に向き直って訊《たず》ねた。

「あなたが入居してから、なにか変わったことは？」

「……え？」

「変わったこと。普通は続かないようなことが続いたりしなかった？」

僕は眉《まゆ》を寄せ、考え込み、それからふと思い至る。

「……そういえば、手紙が」

「手紙？」とキリカは首をかしげる。

「僕宛《あて》じゃないんだ。前にここに住んでた人宛に、間違いの手紙が何度も。二日にいっぺんくらい来てた」

キリカはいきなり押し黙って目を伏せた。自分の両腕をきつく抱いて、肩をふるわせる。その隣で、なぜか美園《みその》先輩が目を輝かせ始める。なにごとかと思って僕がキリカに声をかけようとすると、先輩は「しっ」と唇に指をあてた。

次にキリカがまぶたを開いたとき、その色の薄い唇から、こんな言葉が滑り落ちる。

「……わかった」

僕は息を呑《の》む。

わかった？　なにが？　封筒がどこにあるのか？　だれが盗んだのか、わかったっていうのか？　今の、ほんの少しの質問だけで？

キリカはきびすを返して僕に背を向けた。ブレザーのむなしい両袖《りようそで》がふわりと浮いて、また力を失って垂れる。

彼女が開いた手を差し伸べた先——

「出して」

「……はっ？」

管理人のおじさんは、素《す》っ頓狂《とんきよう》な声をあげた。

「出して」とキリカは繰り返した。

詰めかけた寮生たちがひそめた声を交わし始める。止まっていた時間が少しずつ溶け出したみたいだ。ただ一人、管理人さんだけがまだ凍っている。

「待って、どう、どういうこと？」

思わず僕はキリカの背中に声をかけていた。

「管理人さんが、盗《と》ったってこと？　そんな、いくらなんでも」

「わ、私が？」

おじさんが素っ頓狂な声をあげ、それからむせる。

「な、なにを言っているんだ、私が部費を盗んだ？　そんなわけない、そんな封筒なんて持っているわけないだろう」

キリカは首を振った。

「出してほしいのは封筒じゃない」

その言葉に管理人さんの顔が呆《ほう》ける。

「あなたがポケットに入れている、そのペレットを出して、って言っているの」

管理人さんの顔に亀裂《きれつ》が走ったように見えた。僕は何度もキリカと管理人さんの顔を見比べた。

ペレット？　って、なんだ？　キリカはなにを言ってるんだ？

管理人さんの肩が落ちる。

「……そんな……ことまで、わかってしまうのかね」

彼の背後で野次馬《やじうま》たちがざわつく。僕も彼を凝視《ぎょうし》する。しわだらけのその手が、ジャケットの内ポケットに突っ込まれる。つかみ出されたのは、銀色の包みだ。

なんだあれ。

キリカはそれを受け取ると、振り向き、僕の脇《わき》を通り抜けてベッドのそばにかがみ込んだ。銀色の包みを破いて、中身を床板の上に少しだけこぼす。

小指の先ほどの大きさの、からからに乾いた感じの、茶色い粒。

ペレット。たしかにペレットだ。あれは——

「おいで」

キリカがささやいた。ベッドに向かって。

いや、正確には、ベッドの下の暗がりに向かって。

「出ておいで」

かさ、と闇《やみ》の奥でかすかな音がした。

背後で管理人のおじさんが溶けそうなほどの安堵《あんど》のため息をつくのがわかった。

大勢が見守る中、ささやかな暗闇《くらやみ》の中から灰色の小さな塊が這《は》い出《で》てくる。長い耳とひげと落ち着かないつぶらな瞳《ひとみ》があたりを探る。

ウサギだ。

キリカが足下に盛ったペットフードを見つけると、ウサギはぱっと飛びついてかじりはじめた。緊迫した空気の中、かつかつという乾いた咀嚼音《そしやくおん》が響き始める。

「見つけた。犯人」

キリカがしゃがんだまま振り向いて肩越しに言った。だれよりも先に反応したのは、さっき封筒のかけらを見つけたバスケ部員だった。床にべったりと身を伏せてベッドの下に腕と頭半分を突っ込み、闇の中をまさぐる。

「——あ……あったッ」

彼がベッドの下から引き抜いた左手には、埃《ほこり》とかじり痕《あと》にまみれたぐしゃぐしゃの封筒

執行部 探偵

が握られていた。寮生たちの歓声が僕を背中から包んだ。

＊

翌日の放課後――

「よくもおめおめと顔を出せたものだね？」

生徒会室の扉を開くなり、執務机に腰をのせていた会長がにまにま笑いながらそんなことを言うものだから、僕はそのまま廊下に後ずさって扉を閉めようとしてしまう。

会長はからから笑った。

「冗談だ。来てくれてうれしいよ」

亀《かめ》みたいに首をすくめながら、おそるおそる生徒会室に踏み込む。何日ぶりだろう。見回すと、会長しかいない。キリカはいつもみたいに会計室に引きこもり中だろうか。

「美園《みその》から聞いた。実にほほえましい事件だったそうじゃないか」

そう言いながら会長は歩み寄ってきて、僕をソファに促し、自分も反対側のソファに身を沈めた。

「ええ、まあ……」

僕も、胸に抱いたものを潰《つぶ》さないようにと用心しながら、腰を下ろす。

「つまり」

会長はガラステーブルに身を乗り出す。

「寮管理人が内緒でウサギを飼っていたわけだ。きみの部屋で」

僕は複雑な気持ちを腹に押し込むようにしてうなずく。

「僕の部屋、というか、春休みになって空いたあの部屋で、ってことですけれど」

そう、あの部屋は本来、前の住人の卒業にともなって空き部屋になるはずだった。ところが美園さんが強引に僕のクラス分《わ》けをいじったせいで、僕の入居先も急遽《きゅうきょ》あの部屋に変更になってしまった。それが悲劇というか喜劇のはじまり。

「二週間ばかりウサギと同居していても、きみはなにも気づかなかったのかい」

そう言われると恥じ入るしかない。しかし、一応言い訳する。

「ほとんど床板の穴から出入りしてたみたいですし、鳴くわけでもないし……なにかかじられて困るようなこともなかったんです」

むしろ困ったのは管理人さんである。ウサギはあの部屋のベッドの下を気に入って、色んなものをため込んで巣穴にしてしまっていたらしく、餌《えさ》をやるためにはどうしても部屋に入らなければならなかった。ところが、ウサギが巣穴に戻ってくる夕方頃《ゆうがたごろ》には、住人の僕も部屋にいることが多い。

「そこで、きみの部屋をしょっちゅう訪れる口実として、前の住人宛《あて》の手紙を捏造《ねつぞう》したわけだ」

会長はさも可笑《おか》しそうにくくっと肩を揺らした。おそらく、そういうことなのだろう。部屋を訪ねて僕がいなければ、合《あ》い鍵《かぎ》でこっそり入って餌《えさ》をやる。運悪く僕が部屋にいたときには、杉原《すぎはら》さんに手紙がきてますよ、と嘘《うそ》をついて、さっさと撤収する。それが、入居以来続いたあの間違い手紙の真相。

「ところが事態はさらに悪化した。きみが生徒会活動すら怠《おこた》って部屋に入《い》り浸《びた》るようになったものだから、餌をやる機会は激減。飢えたウサギはついに禁断の食物に手を出した！　つまり、紙、だ。ちょろっと散歩に出た先のソファの上に投げ出されていた封筒と札に食いついてしまった……」

「見てきたみたいに言わないでくださいよ」

僕は髪をかき混ぜる。

「しかもむりやり生徒会どうこうと結びつけて。そりゃ、その通りだって可能性もありますけど、そんなのウサギに訊《き》いてみなきゃ」

「だから訊いてるんだよ。あたしの言った通りだろう？」

会長のその言葉が向けられた先は、僕ではない。

僕のブレザーの襟《えり》から顔をのぞかせた灰色ウサギである。見下ろすと、長い耳の先が僕の鼻に触れる。

「おいで、真犯人」

会長が呼ぶと、驚いたことにウサギは僕の襟元からするりと抜け出てガラステーブルを踏み、彼女の腕の中におさまった。

「んふ。同居人よりもずっと素直で可愛《かわい》い仔じゃないか」

ウサギのくせに、あんなライオンみたいなオーラを発している女の腕に無警戒に飛び込むなんて、おまえは草食動物としてのアンテナが欠けてるんじゃないのか、と思う。

「それで、寮で飼うことを生徒会の力で認めさせてほしい、というわけかな」

「ええ、まあ……そういうことに」

管理人のおじさんに土下座までされてしまったのだ。聞けば、僕の部屋のベッドの下がほんとに気に入っているらしく、おじさんは家に連れて帰って飼うつもりだったのに、翌日には荷物に潜り込んで学校に戻ってきてしまったのだという。

「いいだろう。あたしもたまに愛《め》でたい。なんとかするよ」

会長は灰色ウサギの鼻先にほおをこすりつけてから言った。

「じゃあ、この仔の名前は『ヒカゲ』にしよう」

「そりゃ僕の名前ですよっ」こっちは毎回間違えるくせに、なんのいじめだよ？

「自分の名前は気にくわないんじゃなかったの？」

「いや、そ、そう、ですけど……」

「いい名前だと思うけれどね」

「だって、『ひなた』と『ひかげ』ですよ。実際に小学校でも中学校でも日陰者って呼ばれてたんですよ、僕は」

姉はどこでもスターだったし、僕はなんの取り柄もなかった。名前のせいでそんなふうに育った、なんて言うつもりはないけれど、好きになれるわけはない。

ところが会長はウサギを抱いたまま可笑《おか》しそうに髪を揺らす。

「きみの『ひかげ』はどういう字を書く？」

「え？」

「お日様の日に陰気の陰？　それともくさかんむりがつく？」

「い、いえ、お日様の日に影法師の影、ですけど」

「ふむ。なるほどね」

そこまで意味深なことを言っておきながら、会長はさっさと話を戻してしまう。

「ともかくいい名前だ。きみにはもったいないからこの仔につけよう」

「ややこしいからやめてくださいよ……」

「ふうん？　ややこしくなるんだ？　それはつまり、あたしとしょっちゅう顔を合わせるってこと？　執行部はめんどくさくなってやめるつもりなんじゃなかったの？」

僕はぐったりうなだれる。意地の悪い人だ。いいように話を誘導される。

「ええ、まあ」

「あたしがキリカのそばにきみを置いておきたい理由がわかったの？」

「いえ、それはよくわかりませんけど」

僕は頭を掻《か》いた。

「キリカにも美園《みその》先輩にも恩ができちゃったし」

「あたしには？」

「あんたには怨しかねえよ！」いつ僕を助けたわけ？　いじめられた記憶はたくさんあるけどさ。

天王寺《てんのうじ》狐徹《こてつ》はウサギを脇《わき》に置くと、ソファの背もたれにだらしなく両腕を広げて、呵々《かか》と笑った。

そのとき、生徒会室の扉が開いて、入ってきたのはキリカだった。その日もスナック菓子でぱんぱんにふくらんだ購買の袋をぶらさげている。首に巻いた腕章《わんしょう》は、《会計》に戻っている。でも僕は彼女が《探偵》になったときの凛《りん》とした眼光《がんこう》が忘れられない。

「うちで飼うことになったヒカゲだ」と会長が立ち上がる。「広報に任命しようかと思っているんだが、どうだろうね」キリカに歩み寄って、ウサギを抱かせる。僕の名前をぱくったばかりか、役職でも上って、どういうことなの……。

キリカは抱いたウサギと僕の顔をしばらく見比べてから言った。

したキリカは目を丸くした。

「人間の方のひかげも戻ってきたの？」

「人間の方って言うなよ！　僕が本家だよ！」

「とにかく、お金」

キリカはウサギを右腕に抱いて、左の手のひらを突きつけてきた。僕は一瞬ぽかんとしたけれど、すぐに思い出す。

ところが、僕が財布から取り出した千八百円を手のひらにのせると、キリカは目を丸くした。

「どうしたの？　千八百円だったよね？」

「……なんで素直に払うの？」

こっちが驚く番だ。なに言ってんだ？　背後で会長がくっくっと笑う。

「あたしも素直に払った人間ははじめて見たな」

「いや、だって、世話になったし」

キリカは札をくしゃくしゃに握りしめ、おたまじゃくしでも呑《の》み込《こ》んでしまったみたいな顔をして僕をじっと見つめてくる。

「ほんと、昨日は助かったよ。ありがとう」

キリカの無表情にかすかな朱色がさした。ウサギが不思議そうに彼女の顔を見上げた。

彼女はそのまま後ずさって、肘《ひじ》で会計室のドアをもどかしく開け、中に引っ込んでしまう。わけがわからずに立ち尽くしていると、会長に思いっきり背中を叩《たた》かれた。ソファの背もたれに手をついてむせてしまう。

「あの子はそうやってまっとうに感謝されるのに慣れていないんだよ！」と会長は笑う。

「はあ……」

「探偵というのは、加害者にも被害者にも憎まれる役どころだからね」

「でも、僕はほんとに助けられたんですよ。泥棒扱いされるとこだったんだから」

「うん。わかっている。きみの純粋さは庶務《しょむ》としての貴重な武器だ」

それはなんでもほいほい言うことを聞け、ということなのだろうか、と心配していたら、生徒会室のドアが今度は勢いよく開いた。

「ひかげさんっ」

美園《みその》先輩は僕に飛びついてきて、そのままの勢いでソファに押し倒した。

「戻ってきてくださったんですね！　よかった、私きらわれてしまったのかと」

「く、るし、腹、踏んで、ちょ、どいて」

「あたしもまざっていい？」来んな！　殺す気か！

「ひかげさんの誤解をといておきたいんです！」

美園先輩はソファに仰向《あおむ》けになった僕の腹の上に正座して涙を浮かべて言った。

「誤解じゃないですマジ苦しいってば」

「わ、私はべつに、ひなたさんともっと深い関係になりたいとか、そんな理由でひかげさんを生徒会室に引きずり込んだわけじゃありませんから！　ひかげさんです、ひかげさんがほしいんです！　ひなたさんがひかげさんの話ばかりするものだから、お逢《あ》いする前からもうひかげさんがほしかったんです！　わかってください！」

姉と同じように、いいようにいじくりまわせる弟がほしい、ってことなのか。ほんとろくでもないな、ここの連中は。酸欠で遠ざかる意識の中、僕はそんなことを思う。

「やあっ、ひかげさん死なないで！　私なんでもしますから、ひかげさんを苦しめてるものと戦いますから！」「おまえだろが！」

僕は美園《みその》先輩を押しのけ、しかしソファから転げ落ちそうになった彼女の身体をあわてて支え、座らせると、肩で荒い息をついた。

「ああ、ええと」

制服と髪の乱れをなおし、生徒会長と副会長に向かって頭を下げる。

「あらためて、よろしくお願いします」

「困ったことがあったらなんでも言ってくださいね、ほんとにひかげさんのためならなんでもします！」と美園先輩はまた顔を寄せてくる。その背後で会長は立ち上がり、ぴんと人差し指を立てて言った。

「うん。きみにひとつ、言い忘れていたことがある。執行部のメンバーとしていちばん大切な心構えだ」

　僕は顔を上げる。

「なんですか」

　訊《き》いてからいやな予感がした。会長の顔にはあの悪戯《いたずら》好きの子供っぽい笑みが浮かんでいたからだ。彼女は自分の左腕を指さして言った。

「腕章《わんしょう》は常時着用だ。授業中でもね」

3

五月になって最初に生徒会室に襲来したのは、監査委員だった。

「はい、お邪魔ー」

生徒会室のドアが開き、入ってきたのは、派手なウェーブのかかった茶髪の女子生徒だった。眼鏡《めがね》の奥の目はどことなく悪戯《いたずら》好きのキツネを思わせる。

「お、お？　話題の執行部ニューフェイスの牧村《まきむら》ひかげ君やん！　やあん、かーわいー」

その女は僕をみとめて駆け寄ってきたかと思うと、僕が餌《えさ》やりをしていたウサギを抱き上げた。

「はじめましてな！　うち監査委員長の久米田郁乃《くめたいくの》や、今後ともよろしゅうね」と彼女はウサギを真正面から見つめて言う。「ご挨拶《あいさつ》にニンジン持ってくるんやったわ」

僕はほんの数秒、唖然《あぜん》としていたけれど、餌《えさ》のパックを置いて立ち上がり、会長室のドアまで行ってノックした。

「会長、お客さんです。ええとカンサイインチョウとかいう人が」

「つっこんでや！　ボケとるのに！」

女がソファにウサギを放《ほう》り出《だ》して激した。僕は首をすくめて振り向く。

「あ、ああ、ボケだったんですか。僕に話しかけるふりしてウサギ、ってのはもう毎日やられてるから、つっこむ気も起きなくて」

「ふうん？」

彼女は僕のそばまでやってきてこっちの顔をしげしげと見た。

「たしかに、いかにも存在そのものがないがしろにされそうな顔しとるわ」

「初対面でそこまで言われたくないよ！」

「にゃはは」と彼女は笑って僕の肩を叩《たた》いた。「こてっちゃんはどうでもええの。きりちゃんに用があって来たん。おるんやろ？」

たぶん、という僕の答えをほとんど聞かずに彼女は会計室へ足を向けた。と、会長室の扉が開く。

「郁乃、まずあたしに挨拶だろ」

会長が不機嫌そうな顔で出てきた。寝ていたのか、髪は結《ゆ》っていないままだ。関西弁女はうんざりした顔で振り向いた。

「おったん？　そのまま寝てればええのに……」

会長は眠たげな目で僕を斜めににらんで言う。

「この女は監査委員だ。あたしらの敵だぞ。ほいほい招《まね》き入れるな」

「え、ええと？　関西？」

「関西やのうて、監査・委員！」と郁乃《いくの》さんはほおをふくらませる。

「こいつ、中等部のときにほんとに『関西委員』だと思ってて、委員長やるのは自分しかいない、委員に関西弁教える、とか息巻いて立候補したんだ。馬鹿《ばか》だろ」

「こてっちゃんかて、生徒会長になったら運転手つきの送迎車あるて思い込んでたやんか。そもそもこてっちゃん寮生なのに送迎車てアホか」

「あたしの送迎車は思い込みじゃなくて今年実現させるから」

「そんな予算ぜったい通さへんよ！　今年もがっつり監査するから」

ようやく僕は少し事情が呑《の》み込《こ》めてきた。

「監査、って、あの、監査役のことですか。会計とかチェックする」

「そうそうそれそれ！」と郁乃《いくの》さんは僕を指さし、それから胸を張る。「うちは天王寺狐徹《てんのうじこてつ》の横暴と戦う司法の戦士なんよ！」

「心から応援します……」いやほんとに。

「監査委員ゆうんは、裁判所と検察と警察みんな合わせたような機関やね。風紀委員とかもうちらの下にあるんや」

それはかなりものすごい権力ではないだろうか。ちらと会長の顔をうかがうと、郁乃さんの言葉を裏付けるかのようないやそうな表情が浮かんでいる。

「ま、いちばん大事なんは、やっぱり会計監査。お金ネコババせえへんようにチェックする仕事やね」と郁乃さんは右手の親指と人差し指で丸をつくる。

「実際の銀行口座は監査が握ってんだよ」と会長は憎々しげに言った。「こいつらが最終チェックして認めたら、ようやく実際に金が動くわけ。ほんとめんどくさい」

「そんなわけでこれからきりちゃんを隅から隅までたっぷり監査するんや！」

……なんか即座に応援取り下げたい気分になってきた。

「勝手に会計室に入るな。あたしも立ち会うぞ」と会長が僕を押しのけて言う。

「いやや。こてっちゃんがいたら、あれだめ、これだめ、てうるさいやん」

「当たり前だ。風俗だってプレイ内容みっちり詳しく書いてあるだろ」

「スカート脱《ぬ》がしちゃだめとか舌入れちゃだめとか信じられへんわ！」

「あたしだってやったことないのにおまえにやらせるか！」

ちょ、ちょっとちょっとなんの話？　あと白昼の学校内なんだからそういうやばい単語を大声でわめきちらさないでくださいます？

と、かすかに扉の軋《きし》む音がした。会計室の入り口がほんの数センチ開いて、灰色の髪と顔の半分がのぞいている。キリカだ。騒ぎを聞きつけて様子を見に出てきたのだろう。

「きりちゃんっ」

郁乃さんが気づいて扉に飛びついた。キリカはびくっと肩を震《ふる》わせて扉を閉めようとしたけれど、遅かった。郁乃《いくの》さんがキツネそのままの俊敏《しゅんびん》さで隙間《すきま》に身を滑り込ませる。

「久しぶり！　今年もじっくりたっぷりねっぷり監査するで」

「や、ぁんっ」

「あれ。中等部のときからブラ変わってへんやん、もっと可愛《かわい》い下着買わなあかんよ。育つもんも育たへんわ。今度一緒に行こ」

「や、やめっ、は、ぅ」

「んー。きりちゃんのうなじ、ええにおいや」

扉が閉じて、ピンク色《いろ》の悶《もだ》え声がくぐもる。僕は唖然《あぜん》として会長を振り返った。

「……な、な、なんですかあれ。なにしてんですか」

「セクハラだよ。見てわからないの？」

「わかりますけどっ、な、なにその冷静さっ」

「しかたがないだろ。我慢するしかないんだ」

会長は口元に悔しさをにじませ、自分の太ももに拳《こぶし》を押しつける。

「ほんとはあたしだってセクハラしたいんだッ！」

「知るかーッ」

止めなきゃ、とは思ったけれど、いま扉を開けたら中がものすごい状況になっていることは確実で、一応男性である僕は二の足を踏んでしまう。そこに救い主が現れた。

「郁乃さんがいらしてるんですってッ？」

戻ってきた美園《みその》先輩だった。呆然《ぼうぜん》と立ち尽くす僕、両手をわきわきさせた会長、そして会計室から漏れる甘い声で一瞬にして事態を察したらしく、扉に駆け寄る。

「私の愛するキリカさんにはしたないまねを――きゃあッ」

わずかに開いた扉の隙間から手が伸びて、美園《みその》先輩を中に引きずり込んだ。

「みそちゃん胸また大きうなった？」

「知りませんっ」

「うわあJカップでインポートものやわ」

「や、ちょ、ちょっとはずさないで！」

再び閉じた扉越しに、今度は美園先輩の嬌声《きょうせい》が加わる。僕のすぐそばで会長が腕をわななかせた。

「……もう我慢できないッ」

憤然と会計室に向かう会長を僕は押しとどめた。

「なんだヒライ、なぜ止めるんだ裏切り者！　二人を救おうと思わないのか！」

「あんたの『我慢できない』はべつの意味でしょ！　ばればれです！」両手ともお椀《わん》型にして蠢《うごめ》かせんじゃねえ！

三分後、まず郁乃さんがつやつやの満足顔で会計室から出てきた。

「ふう。堪能したわあ。これやから監査やめられん」

この学校の生徒会関係者はこんなんばっかりか……。郁乃《いくの》さんは舌なめずりして言う。

「今年も予算案は問題なしや。しっかりチェックしたで。公正におっぱい……やなかった、分配されとったよ」

そんな言い間違えしねえよ！　なにをどうチェックしたんだよ？

会計室から、美園《みその》先輩がよろけながら出てきた。透《す》き通った髪は乱れに乱れ、制服もリボンがはずれて胸がはだけて下着がちょっと見えているので僕はあわてて背を向ける。

「色々されてしまいました……はじめてはひかげさんかひなたさんに、と決めていたのに、ひどいです郁乃さん……」

「風紀委員呼びましょう風紀委員ッ」

「風紀委員のトップはうちやで」

あああああそうだった……。この学園には正義もないのか。

「冗談はこのへんにしとこか。こてっちゃん」

「なんだ」

眼鏡《めがね》の奥で、郁乃さんの目が猛獣めいた光を宿す。

「第一、い、案も見せてもらおか」

会長はいきなり可愛《かわい》らしいしぐさで両手を猫の耳のように頭の上にのせ、首を傾《かし》げた。

「にゃんのことかわからにゃいな」

「とぼけるの下手だなあんた！」

「普段ライオン呼ばわりされてるあたしだけど、こうやってたまに猫ぶって人気をとってきたから長期政権が実現してるんだよ」そういうのは黙っとけよ。

「か、かわいいいいいい」

郁乃《いくの》さんは目を輝かせていた。一瞬でもかわいければ会長でもいいのか……。

「こてっちゃん、今のもっかいやってぇな」

「やだ。無料でやるのは一回だけ。もう一回やったら黙って出てくってんならやるけど」

「そうはいかへん。第一案見せてくれるまで帰らんよ」

「にゃんのことかわからにゃいな」

「けっきょく二回やってんじゃん！」

「おっと、つい。ヒトミはつっこみのタイミングがうまいなあ。そういうところが大好きだよ。愛してる」

こういう会長の軽口もしょっちゅうなので無視することにきめているのだけれど、郁乃さんが食いついてしまう。

「ちょ、ちょお、こてっちゃん今の聞き捨てならんわ、そういうただれた愛欲関係のために男の子入れたん？　女三人でおもちゃにしてるん？　性徒会室に改名する気？　許さへんよ、風紀委員みんな連れてくるから覚悟しとき！」

「そっ、そんなことっ！　ひかげさんとそんなこと、まだしてません！　ちゃんと十八歳まで待つんですから！」

美園《みその》先輩が服の乱れを直しながら叫んだ。黙っててくれた方がましである。

「こんど現場おさえたるで、牧村《まきむら》ひかげ！」と郁乃さんは僕に指を突きつけた。「どうせいつもきりちゃんを脱《ぬ》がしたりみそちゃんの胸揉《も》んだりしてるんやろ！」やったのはおまえだろ。

郁乃さんが生徒会室を出ていった後で、美園先輩が僕の肩に手を置いて言った。

「それじゃあひかげさん、キリカさんを慰《なぐさ》めてあげてください。泣いてました」

「なんで僕なんですか」

「女性にいろいろされてしまったのですから慰めるのは男性の役割ですよね？」

……一瞬納得しかけたよ！

「あと、今回ばかりは私がなにか言っても聞いてくださらないと思います」

「なんでですか？」

「つまり、その、私も一緒に脱《ぬ》がされて比べられ――い、言わせないでくださいっ」

美園さんは僕の肩をつかんで会計室の方に押しやった。しかたなくドアをノックしてみるけれど、返事がない。

「キリカ？　大丈夫？　郁乃《いくの》さんはもう帰ったから……」

そうっとドアを引いてみると、キリカは椅子《いす》に体育座りして『おおきくなりたいちびくまくん』という絵本を読みながらミルキーをもくもくと食べていた。僕に気づき、その肩がびくっと震《ふる》えてブレザーがずり落ちる。彼女は絵本を伏せて胸のあたりを隠し、赤らんだ顔を腕章《わんしょう》の首輪にうずめた。

呆気《あっけ》にとられて言葉に詰まったあげく、僕が口にしてしまったのはこんなせりふだ。

「……いや、ミルキーじゃ胸は育たな――あいたっ」

ボールペン投げつけられた。

＊

郁乃さんとは翌日も逢《あ》った。放課後、生徒会室に向かう途中の、高い生け垣だらけで迷路みたいになった中庭でのことだ。青々とした茂みが揺れて、頭に葉っぱをくっつけた郁乃さんが現れる。ほんとにキツネかと思った。

「いたいた。間に合うたわ。ひかげ君、今日もこれから出勤？」と郁乃さんは髪の葉っぱを払い落としながら訊《き》いてくる。

「そうですけど……な、なんですか」僕を捜してたの？

「ちょお顔貸してや。お話ししよ」

僕は身の危険を感じて目をそらした。「いや、遅刻するんで」

「どうせ放課後すぐ行ってもひかげ君にはとくにすることないやろ？」

「あ、ありますよ！」

むきになって言い返す。だいたい郁乃さんの言うとおりだったからだ。

「あの、ほら、餌《えさ》やりとか」

「きりちゃんの餌やり？　や、やらしいいいいいい、きりちゃんのお口になにつっこむのん？　どんな調教してるん？　話によっちゃ風紀委員どころか警察を」

「おまえが捕まれ！　なにをどう聞いたらそうなるんですか」

「つっこみ役として採用したってこてっちゃん言うとったで」

「……ああ……ああ、はいはい。はいはい……」

ついにつっこむ言葉がなくなってしまった僕。郁乃さんはくくっと笑って身を寄せてくる。

「でもほんまのとこ、こてっちゃんがなに考えて総務に入れたのか、ひかげ君わかってないんやろ？　うちの話聞いといた方がええと思うよ？　うちも訊《き》きたいことあるし」

郁乃さんは僕を庭の生け垣に囲まれた一角に連れていった。小さな円形の広場になっていて、古びてペンキの浮いた白いベンチが陽《ひ》だまりにうずくまっている。郁乃さんはベンチに腰掛け、僕はさすがに無遠慮《ぶえんりょ》にその隣に座るわけにもいかず、立ったまま訊《たず》ねる。

「で、話ってなんですか」

「隣、座りぃな」

にこやかに自分の隣をぽんぽんと叩《たた》くので、僕はしかたなく郁乃《いくの》さんの隣に三十五センチくらい隙間《すきま》をあけて腰を下ろす。

「監査委員会に入らへん?」

いきなり郁乃さんが言うので僕はベンチに尻《しり》を落ち着ける寸前で固まってしまう。顔を横に向けると、郁乃さんの悪戯《いたずら》っぽい笑みがそこにある。

「……ええと?」

「うち人手不足やねん。ひかげ君は執行部役員やないんやから兼任しても問題ないんよ」

「すみません、どういう話の流れなのか」

「つまり、うちのスパイになってくれへん? ってこと」

その日いちばんのキュートな笑顔を浮かべて郁乃さんは言った。僕は五月晴れの空を仰いでなんとか呼吸を落ち着けた。

「なんですかスパイって」

「こてっちゃんときりちゃんが毎年隠しとるほんまもんの予算案とかな、そういう情報を監査委員に流してほしいんや。あれなあ、総会前にどーんて出されると粗探しする時間がないんよ」

　少し落胆している自分に気づいた。べつに郁乃さんの勧誘に心動いたわけじゃなかったけれど、なにか期待されているのかな、くらいは思ってしまったからだ。けっきょく、生徒会に入る前に群がってきたあの部長どもと目的はだいたい一緒か。

「僕がそんなことしてなんの得が」

「引き受けてくれたら、おねえさんがいっぱいイイコトしたるで？」

「それで僕が『やらしいこと言うな』っつったら『やらしいことなんてひとことも言ってないのにそっちがやらしい！』って引っかけるつもりでしょ。もうそういう手にはのりませんよ」

　郁乃さんは両手を組み合わせて目を輝かせた。

「ちょ、すごいわひかげ君……その洞察力、それからどんな局面からでもセクハラにつなげる決定力、両方ともまさに監査委員に必要なんよ！」

　姦査《かんさ》委員会に改名しろ。

「とにかくやりません。なんでそんな、僕が総務を裏切るようなこと」

　話聞いて損した。いや、こんな女の話に一聴の価値があると思ってしまった僕が馬鹿《ばか》だったのだ。ベンチから立ち上がると、郁乃さんが両脚を投げ出して意地悪く言った。

「やけに忠誠心あるんなあ。なんで？　ひかげ君て編入生やから、こてっちゃんのことなんてほとんど知らへんかったのやろ？　あの女がどんだけとんでもないか、全然わかってへんのやろ」

僕は振り向き、郁乃《いくの》さんの顔をじっと見つめた。

とんでもない女なのは、だいたいわかっている。でも、たしかに僕は総務執行部の連中のことをほとんどなにも知らない。

「……べつに忠誠心じゃないですよ」

変な揚げ足をとられないように僕は慎重に言った。

「美園《みその》先輩とキリカに世話になったから、手伝ってるだけです。入りたい部活もとくになかったし」

「でも庶務《しょむ》って雑用ばっかりやろ。ええの？　そんなんで総務におるモチベーション保てるのん？　監査はええよ。悪の女王・天王寺《てんのうじ》狐徹《こてつ》と戦う充実感ばっかりの毎日やし、新人にもどんどん重要な仕事任せるし」

そう言われては黙り込むしかない。生徒会室にいるモチベーション、ねえ。そういうのって、なきゃだめなの？　ただ借りがあるから返せそうな機会があるまでなんとなく仕事を手伝う、ってのがなにか悪いの？

でも、とくになにもしてないよね。自分の思考が勝手に答える。

郁乃さんはベンチから立ち上がった。

「ま、ええわ。今すぐ結論出してって話でもないし。考えといてな」

生け垣の間でふと立ち止まって振り向き、彼女はぴんと指を立ててこう付け加える。

「このこと、こてっちゃんに言ってもええよ。それはそれで反応が楽しみや」

なかなかどうして狡猾《こうかつ》な人だった。制服の背中が生け垣の中にまぎれて見えなくなってしまった後も、僕はベンチの背もたれに尻《しり》をのせて、しばらく郁乃さんに言われたことを反芻《はんすう》していた。会長には秘密にしておいてくれ、と言われたら、たぶんなんのためらいもなく報告してただろう。でも「言ってもいい」なんて言われたら、素直にはいそうですかと告げ口できなくなってしまう。

生徒会室に顔を出すと、キリカしかいなかったので、少し安心する。彼女は会計の執務机の上にぺったり座って、ウサギと遊んでいた。袋からポッキーを一本取り出してウサギの鼻先に近づけ、興味を持ったウサギがにおいを嗅《か》ごうとすると「だめ。あげない」といって自分で食べる。五回くらい繰り返したところで僕の存在に気づいた。さすがに恥ずかしかったのか、ウサギを抱えて机の下に隠れてしまう。

「……あなたにもあげないから！」

ほしいなんて言ってねえ。

「またノックもしないで勝手に入ってきて」

「いや、昨日のは悪かったよ。何度でも謝るよ。でも生徒会室はノック要らないだろ、僕だって——」

「あなたは執行部役員じゃない」

地味に傷ついた。それから思い出してポケットから腕章《わんしょう》を取り出し、左腕に巻いた。会長から常時着用を命じられていたけれど、恥ずかしいので無理。

たしかに、役員じゃなくてただの雑用だけどさ。今さっき郁乃《いくの》さんにまくしたてられたことが耳にこだましてしまう。

「ウサギいじりたいなら会計室でやればいいじゃんか」

「会計室はケーブルいっぱいだからだめ。この子が齧《かじ》る」

なるほど。ウサギだからな。PCや周辺機器のケーブル、電線コードなんかはたいそう齧りごろだろう。僕の部屋のベッドの脚もすでに満身創痍《まんしんそうい》だし。

机の下から這《は》い出《で》てきたキリカは、ウサギを両手で持ち上げて鼻に鼻を近づけ、言い聞かせた。

「いい？　会計室に入っちゃめーだから」

連れてこないようにした方がいいのかな。最近はあいつが勝手に生徒会室に来るようになっちゃったんだけど。

「人間の方のひかげも会計室に入っちゃめーだから」

「人間の方って言うな！　それからウサギに言うな！　そいつが僕の飼い主みたいじゃないか」

キリカは振り向き、ちがうの？　とでも言いたげな顔をして、それから会計室に引っ込んでしまった。僕はため息をつき、庶務《しょむ》の貴重な仕事のひとつであるウサギの餌《えさ》やりを始めた。

「……たくさん食わしてやるから、おまえもあの女のポッキーなんかに釣られるなよ。腹こわすぞ」つやのある灰色の耳毛をくすぐってやる。ウサギは僕の話など聞かず、器に盛ったペレットをがっついている。一宿一飯の恩どころか居候《いそうろう》させてやってるってのに、こいつは僕のことを部屋の備品かなにかだとしか思っていないんじゃないのか。一度びしっと思い知らせてやらなければ、と決意したところで、はたと困る。ウサギに名前がないからなんて呼べばいいのかわからないのだ。

そうだ、僕が名前をつけないからみんなに同名ネタでいじられっぱなしなんだ！　二週間ばかり遅蒔《おそま》きながらその事実に気づいた僕は、もくもくと餌をほお張る灰色の毛玉をじっと見つめながら考えた。

仕返しにキリカの名前をつけてやるのはどうだろう？　いっつもなにか食べてるところとかよく似てるし。

「よし。おまえは今から『きりか』だ。きりか。あんまりこの部屋に来るなよ。変な女がいっぱいいるんだからな。きりか、いいか？　『ひかげ』じゃなくてこの名前に反応するようにしろよ。きりか、きりか」

背後でなにか床に落ちる音がして、振り向くと美園《みその》先輩が執務机のそばで立ち尽くしている。青い顔をして両手で口元を覆い、足下には取り落としたファイルが広がっている。

「い、いけませんひかげさんっ」

先輩は駆け寄ってきて僕の真正面にかがみ込み、両肩をつかんできた。

「い、いくらキリカさんにもどかしい感情を抱いているからといって、ウサギさんを代用にして慰《なぐさ》めるなんてっ、それにこの子はオスです、なにをどうやって慰めるんですか落ち着いてください！」

「あんたが落ち着け！」僕は先輩の手を振り払って逆に彼女の肩を手で押さえる。名前をつけなおしていただけだと根気強く説明した。べつにキリカという名前じゃなくてもいいが、ちょっとリベンジしてやりたかったのだと。

「名前……？　そう……そう、でしたの。よかった、私、ひかげさんがウサギのしかもオスで満足するような方だったら、この想《おも》いをどうしようかと……」

なに言ってんのかよくわかんねえけど、どうしようかはこっちのせりふだ。

と、続いて戸が開く音がして、会長が束ねた黒髪をなびかせて意気揚々と入ってくる。

「印刷所回ってきた。今年のパンフレットからM印刷に変える。やっぱり合見積《あいみつ》とらないのはよくないな、なめられる。これで十六万も浮いておまけにフルカラーだから、あたしたちの麗《うるわ》しい集合写真が――あれ」

会長は武勇伝を得意げに語るのをやめて僕と美園先輩を見た。絨毯《じゅうたん》の上にウサギを挟んでへたり込んでいたので、なんというか言い訳できない。

けれど会長はちょっと首を傾《かし》げただけだった。僕にも美園先輩にもなにも言わず、ただウサギに手招きする。

「ヒカゲ、おいで」

灰色ウサギは僕の手からするっと逃げ出して会長のもとに走った。会長は灰色の毛玉を抱き上げると、ほおずりする。

「よしよし。おまえも広報なんだからちゃんと会報に写真載せてやるぞ」

「ほら、ひかげさん！　今です、今！」美園先輩が僕の太ももをばしばし叩《たた》く。「今みたいに名前呼ばれたときにぱぱっとウサギさんより先に駆け寄って狐徹《こてつ》に抱きついてほおずりすればいいんです、ひかげさんが本家だって認められ――」

「できるか！」

「な、な、いけませんわひかげさん、狐徹に抱きついてほおずりするなんてっ！　私にもしてくださらないのにっ」

一日に同じ人を相手にそう何回もつっこんでいられないので、僕はウサギ用の餌《えさ》容器を流しに持っていって洗った。

「へえ？　この子の名前ねえ」という会長の声が背後で聞こえる。どうやら美園《みその》先輩からさっきの僕の話を聞かされているようだ。「自分で名乗るまではヒカゲでいいんじゃないのか」一生かよ……。


その日の来客はちゃんと生徒会室のドアをノックした。

「失礼します」

入ってきたのは、見事なぬばたまの黒髪を額でぱっつんと切りそろえた、時代劇のお姫様みたいな女子生徒だった。襟《えり》章で高等部普通科二年生だとわかる。後ろにもう二人、やはり二年生女子を引き連れていたのだけれど、お姫様は「あなたたちはここで」と背後の二人を廊下に残してドアを閉めてしまった。

「あら、朱鷺子《ときこ》さん」

気づいた美園先輩が顔を上げる。

「生徒会室にいらっしゃるなんてめずらしい。まだ議事見通しはまとまっていませんけれど……」

「そういう用で来たんじゃないわ」

朱鷺子さん、と呼ばれたその女子生徒は、キチネットで洗い物をしていた僕のところにまっすぐやってきた。まさか僕に用があるとは思っていなかったので、洗剤の泡だらけになった手を止めてしまう。

「水」と朱鷺子さんが不機嫌そうに言った。

「え？」

「水、止めなさい。もったいないでしょう」

「え、あ、は、はい」出しっぱなしだった水道をしめる。

「あなたが庶務《しょむ》の牧村《まきむら》君？」

「そうですけど」

「総務執行部に入るときにだれか推薦人《すいせんにん》になってもらった？　二人以上よ？　職員会からの認可は受けた？」

「え、ええ？」

僕は目を白黒させる。初耳だった。そんなの必要なの？

と、美園さんが会長室のドアに向かって「狐徹《こてつ》、朱鷺子さんがきてます、早く」と呼んでいるのが聞こえた。すぐにドアが開いて、うきうき顔の会長が出てくるので、悪い予感が僕の首筋に粘りつく。

「なんだ朱鷺子《ときこ》、生徒会室には二度と来ないなんて言ってたのに。さみしくなったのか？夜にあたしの部屋に来ればいいのに」

「初対面もいるのにそういうくだらない冗談はやめて」

朱鷺子さんは会長をにらんだ。

「冗談だと思われるのは哀《かな》しいな。あたしらの仲はそんなものだったのか、三年間も深く愛し合ったのに」

「だから、やめてって言ってるでしょう！」

朱鷺子さんが激昂《げっこう》して、僕だけが跳び上がった。美園《みその》さんはやれやれという顔をし、会長はいたずらっぽく舌を出し、灰色ウサギはソファの上で首を傾《かし》げている。

どうやら朱鷺子さん、会長とは昔からの浅からぬ縁のようだけれど……。

「生徒会役員を中央議会の承認なしに増やさないで。なんのために中央議会をつくったと思っているのよ？」

朱鷺子さんは僕をちらと見てから会長に視線を戻す。会長は肩をすくめた。

「ヒバリはべつに役員じゃないぞ。だいたい、なんで今さら」

「今だから、よ」と朱鷺子さんは腕組みする。「庶務《しょむ》は員数外の補佐役だって言いたいんでしょう？　でもそういう屁理屈《へりくつ》は通らないわ、ここ最近ずっと牧村《まきむら》君に書記業務をやらせてるらしいじゃない」

「え、え？」僕は思わず口を挟んでいた。「あの、書記の仕事なんてやった憶《おぼ》えは」

「洗い物してるでしょ」「洗い物かよ！」

すると脇《わき》から会長が言った。

「引退しちゃったが元書記の柏崎《かしわざき》先輩は料理の腕もプロ級《きゅう》だった。きみもがんばれ」

「なにをっ？　どこが書記の仕事なんですか、書記って事務とか記録係でしょ？」

会長はやれやれと首を振った。「世にあまたある社会主義政党を見てみろ。真っ正直に記録係をやっている書記長なんて一人もいないぞ」

「おさんどんやってるやつもいねえだろ！」一瞬納得しかけた自分が憎い。

「とにかく」朱鷺子さんが話を強引に戻す。「牧村君の職務は実質上、書記のものと見なすから、中央議会に必要書類を提出して」

「いやだ。めんどくさい」

よくこの人に生徒会長が務まってるな……。

「それに、あたしがヒバリについてきとうに書いたら、虚偽《きょぎ》報告っていって総務加入を認めないつもりだろ？」

「当たり前でしょ。まず名前ちがってるじゃない」

僕はこのとき朱鷺子さんにだいぶ好意を抱いた。はじめて他人が会長のいいかげんな呼び方につっこんでくれた！

「おもちゃにしたいだけだって正直に書いても認めないつもりだろ？」

「当たり前でしょッ！」

「ひょっとして妬《や》いてるのか？　男なんて入れたから。馬鹿《ばか》だな、あたしの愛人一号は今も昔も朱鷺子《ときこ》だから安心して」

「とにかくッ」ガラスが割れそうな声で朱鷺子さんは会長の言葉を遮《さえぎ》った。「今週中に牧《まき》村《むら》君の登用願を提出して」

それだけ言い残して朱鷺子さんは大股《おおまた》で生徒会室を出ていった。僕はまだ洗剤で手を濡《ぬ》らしたまま、呆然《ぼうぜん》と閉じた扉を見つめる。なんだったんだ……。美園《みその》先輩が咳払《せきばら》いして会長と僕を見比べるけれど、なにも言わない。会長は僕に「なにか質問は？」とでも言いたげな愉《たの》しそうな視線を向けてくる。

「あー……」僕も咳払い。「あの人はいったいなんなんでしょう？」

「中央議会の議長さんです」と美園先輩が言った。「中央議会というのは去年新設された組織で、生徒総会の一部の権限を――」

「あたしの前の嫁。愛人一号。ちなみに美園が二号だ」と会長が言って美園さんの肩を抱き寄せた。

「ちょっ、狐徹《こてつ》！　いけません、ひかげさんが誤解するようなっ！　ちがいます、ちがいますからねひかげさんっ」美園先輩は身をよじって会長の腕から逃げようとする。

「あー……要するにあの人、美園《みその》先輩の前の副会長ですか」

会長も先輩も、目を見開いて僕を見た。え、なにかまずいこと言った？

「……すごいですひかげさん、たった半月で狐徹《こてつ》語をマスターして」

「さすが編入以来友だちがいなくてウサギとしか喋《しゃべ》ってないやつはちがうな……」

「あんたらとすでに喋《しゃべ》ってるだろ！　じゃなくてええと、僕間違ったこと言いました？」

「いや、間違ってないから驚いてるんだ」

聞けば、朱鷺子《ときこ》さんは会長とは小学校の頃《ころ》からの幼なじみで、この白樹台《はくじゅだい》の中等部に入学してから三年連続で選挙に圧勝。天王寺《てんのうじ》王朝を陰から支える柱となったという。

「でも、ほら、朱鷺子は髪真っ黒で、おまけにちょっと武術もかじってるから、あたしとキャラかぶってるだろう。だいぶ飽きてたところで、ちょうど編入生で金髪のえらい美人が入ってきたから、朱鷺子は捨てて乗り換えたんだ」

「あんた最低だな！」「狐徹っ、あ、あなたまさかそんな理由で私を」

「まあほとんど嘘《うそ》だけど」

「ほとんどってことは真実も混じってんですか……」

「美園を顔で選んだのはほんとだ」「そこは真っ先に嘘でいいよ！」

「ひかげさん、選挙では顔も重要ですからそこは当然です」

美園先輩にしれっと肯定されてしまうと、つっこんだ僕の立場がない。というか美園先輩はやっぱりさりげなく腹黒い。学校の生徒会とはいえ、政治家みたいなことをやっているわけだし、当然か。

「そうだ、あの朱鷺子さんて人、議会がどうとか言ってましたけど。僕が生徒会に入るのになんか認可が必要だって」

「ああ、うん。中央議会ね。あたしと朱鷺子で去年作ったんだ。色んな細かいところまで生徒総会で決めるのめんどくさいだろ。だから小さくて話の早い議決機関が必要だったわけ。んで、飽きてきた愛人一号を議長に据えて厄介払いしてフレッシュな金髪娘を」

「狐徹っ」美園先輩が泣きそうな目で会長の胸をばしっと叩《たた》いた。

「大丈夫だよ美園」と会長はまた先輩の肩を抱く。「顔だけで選んだとはひとことも言ってないだろう？　美園のことは丸ごと愛してるよ」

美園先輩の平手打ちは今度は会長の顔面に飛んだ。当たり前だ。

*

その夜、僕が寮の自室でウサギを膝《ひざ》の上にのせてなでながら試験勉強をしていると、やかましい足音、そしてノックの音がした。

「牧村《まきむら》！　いるかっ？」

「さっさと出てこいてめえ！」

同じ棟の先輩たちの声だ。おそるおそるドアを開くと、廊下に引きずり出される。

「神林《かんばやし》が来てる」

「……かんばやし？　え？　だれ――」

「姫のことだよ知らねえのか生徒会のくせに！」「いいからさっさといけ！」「なんで牧村《まきむら》にばっかり」「俺《おれ》に女子が訪ねてきたなんていっぺんもねえのに……」「竹内《たけうち》だけじゃ飽き足らず……」

殺気だった先輩たちの顔で、なんとなく事態が呑《の》み込めた。ロビーの古びたソファで僕を待っていたのは、朱鷺子《ときこ》さんだった。名字、神林っていうのか。

「こんな時間に来たのは謝るわ。でも、どうしても――」

立ち上がってそう言いかけた朱鷺子さんの視線は、僕の胸のあたりに釘付《くぎづ》けになった。

ウサギを抱いたまま出てきてしまったのだ。

「あー……すみません。置いてきますね」

「い……いいわよ、べつに、そのままでも」

朱鷺子さんは視線をそらしつつも、ちらちらとウサギを見ながら言った。

「牧村君にどうしても話しておきたいことがあって、ちょっと急いでいるし」

僕に急ぎでどうしても話しておきたいこと？　なんだそりゃ？　しかし疑問は腹の奥に

押し込んで僕は朱鷺子さんの言葉を遮《さえぎ》った。

「あ、あの、野次馬《やじうま》多いから外で話しませんか」

いつぞや美園《みその》先輩が来たときのように、ロビーに通じる廊下にぎっしりと寮生たちが詰めかけてこちらを遠巻きににらんでいるのだ。みんな目が血走っている。

「本物の姫だ……」「おいどけ見えねえ」「フラッシュ焚《た》くな気づかれるだろ！」

もう気づいてるにきまってるだろ。どんだけおめでたいんだ。

「外に連れ出すとか牧村が言ってるぞ」「屋外《おくがい》プレイかよ！」「風紀委員呼べ！」

事態をよく呑《の》み込《こ》めていないらしい朱鷺子さんの肩を促し、僕はあわてて寮の外に出た。この人はあの天王寺《てんのうじ》狐徹《こてつ》の片腕として選挙を三連覇したわけで、やはり大した人気者なわけだ。ほんとに姫って呼ばれてたし。その無駄に気高いオーラは、木立の陰の暗がりに入ってもあいかわらずだ。

「男子寮はどうしていつもあんなふうに騒がしいのかしら」と朱鷺子姫は柳眉《りゅうび》を寄せる。そりゃあんたが男子寮に来たら毎回騒ぎになるよ。気づけよ。

「それより、急ぎの話って」

「ああ、そう、そうだった」

朱鷺子さんは僕に向き直るのだけれど、ウサギと目を合わせると、またついっと視線をそらしてしまう。ばつが悪そうに顔をそむけながらも、両手はうずうずと動かしているので、僕はつい言ってしまった。

「なでたいなら、いいですよ」

「なっ」

朱鷺子《ときこ》さんは顔を紅潮させて肩を怒らせた。

「だ、だれもなでたいとかかわいいとかもふもふしたいとか言ってないでしょうっ」

したいんじゃん。とは思ったけど、雰囲気的に手拍子《てびょうし》でつっこめないので、僕はただ首をすくめた。朱鷺子さんは咳払《せきばら》いする。

「話をそらさないで」

「すみません。それで、話って」

「中央議会の調査員になってほしいの」

僕は星空を仰ぎ、足下の芝生《しばふ》に目を落とし、気づかれないようにため息をついた。既視感のせいで頭痛がした。

これは、つまり――昼間の郁乃《いくの》さんと同じ用件か。

「……調査員ってなんですか。そんな役職あるんですか」

「ないわ。私が今つくったの」

この人はどこか、あまり似ていてほしくない部分で天王寺《てんのうじ》狐徹《こてつ》と似ている気がする。さすがかつての相棒だ。でも指摘したらひっぱたかれるかもしれないので黙っている。

「牧村《まきむら》君は総務執行部にいるけれど、役員じゃないでしょう。中央議会の手伝いをするのに規約的な問題はないから大丈夫。お願い、調査員になって。狐徹は秘密主義だから執行部の活動がいまいちつかめないの」

「ええと、つまり総務のやってることをスパイしろってことですか」

「スパイしろなんて言ってないわよ」と朱鷺子さんは眉《まゆ》をひそめる。「予算の本案とか持ち込まれた案件とかをこっちに伝えてほしいだけ」

僕は心の中の『言ってんじゃん』ボタンを十五回くらい連打した。

「明日から、各部活と折衝《せっしょう》が始まってしまうでしょう、その前に予算本案を知りたいから、今日こうして頼みに来たわけ。予算委員会で袋だたきにしてやりたいのだけれど、前情報をじっくり吟味《ぎんみ》する時間がないと理論武装もできないから」

口調はしれっとしていたけれど、敵意むき出しだった。生徒会室でのやりとりでだいたいわかってはいたけれど、今は会長とは仲が悪いのか。かつての相方なのに。

「牧村君ならやってくれるわよね」と朱鷺子さんは詰め寄ってくる。

「はあ。……あのう、なんで僕なら言うことを聞くと思ったんですか」

「だって生徒会の仕事ほとんど任されていないし、狐徹にもひどい目に遭わされているはずだし、部活にも入っていなくて放課後は時間が余っているでしょう?」

うぅむ。全部その通りなので反論できない。

「じゃ、明日また来るから、なんとかして予算本案をプリントアウトしておいて」と言い捨てて朱鷺子《ときこ》さんは中庭の方へ歩き出す。

「ちょ、ちょっと待ってください、やるなんて一言もっ」

「やらないとも一言も言ってないし、これからも言わないわよね？」

朱鷺子さんは振り向いて言った。唇の端は品良く曲げられているけれど目には一片の笑みもない。うわあ、この人、ある意味では会長よりやばい人だ。キリカがいつぞや会長のことを「他人の話は聞いているが無視する」と評していたのを思い出してしまう。朱鷺子さんはさしずめ「他人の話は聞いているがぺしゃんこにする」か。

話が通じなさそうなのはわかっていたので、僕はひとつだけ質問することにした。

「……なんでそこまで会長を目の敵にするんですか。去年まで相棒だったんですよね？　捨てられて恨んでるとかそういう――」

「な、なんですってッ？」

朱鷺子さんは真っ赤になって僕の襟首《えり》をねじり上げた。すさまじい握力と腕力だ。

「捨てられた？　わ、私がっ？　冗談でもやめて、そういう言い方！」

「い、いや、会長がそんなこと言ってて……」

「狐徹《こてつ》の言うこと真に受けないで！　ど、どうせ愛人とか言ってたんでしょッ」

たしかに言ってたけど、そこを真に受けてるわけじゃないよ！

「たしかに狐徹は女でも見境ない変態だけど、私はちがうの、関係ないの！」

「わ、わかっ、わかり」襟《えり》をしめあげられていて声が出ない。

「ほんとなんだから、レズじゃないんだから！　信じてないの？　ああもう、それなら証明してもいいわよ、あなただって男なんだから、わ、私にも」

そこまで口走った朱鷺子さんがいきなり思い詰めた顔になって黙り込み、その唇が少しずつ近づいてきて――ってちょっと待て！

我に返った朱鷺子さんが僕を張り飛ばす。

「な、な、なに言わせるのっ」

「あんたが勝手に言ったんだよ！」

「卑怯者《ひきょうもの》、弱みにつけこんで、へ、変なことしようとするなんて」

朱鷺子さんは耳まで赤く染めてわめく。なんでそうなる。あと大声出すのやめてください、せっかく寮から避難したのに、先輩たちに聞こえちゃう。

僕を垣根の方に押しやると、朱鷺子さんは憤然と歩み去った。

垣根を抜けて寮の冷たい煉瓦《れんが》壁に背中を押しつけ、僕はため息をついた。

天王寺《てんのうじ》狐徹。久米田《くめた》郁乃《いくの》。そして神林《かんばやし》朱鷺子。三人の女たちの顔を順番に思い浮かべる。見事な三権分立だなあ。十五年後くらいの教科書に載るんじゃないの？

三人が三人とも僕に同じことを言った。生徒会で、とくに仕事がない……。そこで遊び道具になれだの、スパイになれだの。ちょっと落ち込む。

でもなあ、と思う。

なんとなく入った生徒会だ。部活もやるつもりがなかったし、そもそも姉から逃げるために選んだ学校だし、愛校精神も奉仕精神も政治家ごっこを愉《たの》しむ心もない。キリカみたいなスキルと切実な動機もない。

ほいほい言いなりになると思われても、無理ないかもしれない。

ていうか僕、執行部でこの先やってけるのかな。立場も気持ちも宙ぶらりんなのに、あんなタフで変態な連中ばっかり集まる部屋で、やれることなんてほんとうに見つけられるんだろうか。

芝生《しばふ》を踏み、暖かな光の漏れる寮の玄関口の方へと歩き出す。

こんなとき、たどり着く答えはきまって同じだ。他《ほか》にやることがないのだ。

＊

翌日の放課後、すぐに生徒会室に向かうと、両開きの大扉の前で女の先生と鉢合わせした。タイトスカートがよく似合うけれどなんだか大学生くらいに見える若い先生だ。

「ああ、よかった！　生徒会の人？　でしょう？」

僕はそのときちょうど歩きながら腕章《わんしょう》を左腕につけようとしていたところだったので、先生は『総務執行部』の刺繍《ししゅう》文字を見てそう言って近づいてきた。

「え……ええ、まあ」雑用ですけど、と言おうとしたら先生は両手でいきなり僕の手を握ってくる。「なっ、なん——」

「音楽資料室から出てきたの、これ」

先生が僕の手に握らせたのは、白い封筒だった。白樹台《はくじゅだい》高校生徒会、といかめしい明朝体《みんちょうたい》でプリントされている。

中身は——お札だった。

一万円札だ。だいぶ分厚い。十枚、いや、もっとある。僕はわけがわからず先生の顔を見る。

「私もなにがなんだかわからないの、でもこれ、生徒会から支給されるお金でしょ、この袋に入ってるんだから」

「あー……そう、なんですか？」

なにせ編入して一ヶ月だから、この学校のことはまだ全然知らない。

と、生徒会室の扉が細く開いて、キリカが顔を出した。先生はびっくりして跳《と》び退《すさ》る。いちいち動作が大げさな人である。

「お金の話、してた？」とキリカはつぶやく。どんな限定地獄耳だ。

「生徒会の会計さん？　なの？」先生が我に返って戻ってきた。キリカが首に巻いた腕《わん》章《しょう》を凝視《ぎょうし》して付け加える。「どうして首に巻いてるの？　腕に巻くものじゃないの」

　キリカは目を見開き、それから顔をほとんど腕章に埋め室内に引っ込もうとする。僕は慌てて横から「そ、それよりも封筒のことを」と口を挟んだ。こんなに真正面からキリカの腕章のことをつっこんだ人ははじめてである。僕だってスルーしてたのに。ほら、だれでもひとつぐらいほっといてほしいポイントってあるだろ？

　キリカは扉の隙間《すきま》から手を伸ばして僕の手から封筒を引ったくると、中身を取り出してざっと数えた。

「……二十二万円。どこにあったの」

「あ、え、ええと、音楽資料室の机の引き出し」と先生は答えた。「部活の予算の使い残しじゃないの？」

「そんなわけない」

　キリカはきっぱり断言し、札束を封筒に押し込んだ。二十二万円か。部活動予算は部によっては数百万出るから、それくらい残っていても不思議ではない。

「二十二万円も未使用の団体はひとつもない」

「ううん、でも、調べてみないと」と先生は困惑気味の顔になる。

「ない。会計報告はぜんぶ憶《おぼ》えてる」

そこでキリカは前年度決算を端からずらずらと暗誦《あんしょう》し始めた。目を丸くしていた先生も、音楽系の部活の決算が残らず並べられたあたりで止めに入る。

「ごめんなさい、わかった、わかったから」

先生はキリカの頭をなで、付け加える。

「あと、ええと、その腕章かわいいよ」

意味わからん上にタイミングをはずしたフォローに、キリカはまた生徒会室へ引っ込みそうになる。

「ああ、あなたがひょっとして聖橋《ひじりばし》さん？　よく職員室で話題になってる」と先生は扉の隙間からキリカの顔をのぞきこむ。キリカがうなずいたところはよく見えなかった。先生はキリカをはじめて見るのか。教員なのに？

「あ、私、今年からの新任なの。もうこの学校来てからびっくりすることばっかりで。あんな大金出てきちゃうし……」

そこでやっと先生は自己紹介してくれた。高等部音楽科の春川《はるかわ》先生。音楽科か。なるほど、いかにも去年まで音大の防音室にこもって優雅《ゆうが》にピアノの練習に没頭してた感じの人だ。生徒会やってなきゃ卒業まで僕とは縁がなかっただろうな。

「じゃあ、じゃあ、あのお金、生徒会に任せちゃっていいよね？」

「だれにも言っていない？　このお金のこと」とキリカが先生に訊《たず》ねた。

「だれに言えばいいのかわからなくて、他《ほか》の先生がたに言ったら大騒ぎになりそうだったし、それで」先生は困惑した目で答える。どっちが教師でどっちが生徒かわからない。

「それなら、後は執行部に任せて。だれにも言わないで」

わかった、よろしくね！ と春川《はるかわ》先生はキリカと僕の手を順番にぎゅうっと握り、廊下を走っていってしまった。

生徒会室に入ると、キリカは会計の執務机に大量の分厚いファイルを積み上げてページを必死で繰っていた。いつもならどんな作業もお菓子片手なのに、今はそんな余裕もないらしい。

「最悪、予算組み直しになるかもしれない」とキリカはつぶやく。

「なんで。たったの二十二万だろ？ 出所がわからなくても、繰り越しってことでどこかにてきとうにくっつけちゃえばいいんじゃないの。だいたい、足りないわけじゃなくて余ってるわけだから、そんな大した問題じゃ」

失言だった。キリカは顔を上げて僕をきっ、とにらんだ。

「二十二万円は『たったの』じゃない！」

僕は彼女がここまで声を荒らげるのをはじめて見た。崩れかけたファイルを支えて山に戻す。二十二万って、だって、全体の八億から見ればほんのひとしずくじゃないか。

「わたしが組んだ予算なのに。完璧《かんぺき》に組んだのに！」

キリカは机に登ってファイルの山の脇《わき》にぺたりと座り、ページをめくる手を速める。すぐ後でやってきた会長と美園《みその》先輩には、僕がことの次第を説明しなければならなかった。二人とも聞いて険しい顔つきになり、美園先輩はファイルチェックを手伝い始め、会長は「音楽科棟に行ってくる」と言って出ていってしまった。

僕は扉の前に所在なく立ち尽くすばかりだった。『たったの』二十二万円だなんて考えているのはどうやら僕だけだった。

4

白樹台学園《はくじゅだい》には音楽科があって、全校生徒の5%にあたるおよそ四百人が在籍している。音大附属高校まるまる一つ分の規模だ。

ところで、音楽科生は当然ながら音楽の素養も技術も一般生徒とは比べものにならないので、音楽系のサークルをつくるにしてもだいたい音楽科生だけで固まる。レベルがちがいすぎる人間が一緒に活動していると双方にとって不幸なことになるからだ。

「だから音楽系の部は林立状態なんです」

美園《みその》先輩が、副会長の執務机に生徒会発行のサークル紹介パンフレットを広げて説明してくれる。

「ひかげさんも、入学されてこのパンフを見て驚かれたんじゃありません？」

「あー……僕、部活に入る気がまったくなかったので」

パンフレットは読まずに捨てちゃいました、とはさすがに言えなかった。なにせ美園先輩が編集した当人なのだ。

「とにかく吹奏楽部だけで三つあるんです。合唱部なんかの歌系は小規模なものまで全部含めると十二。軽音部も四つあります。他《ほか》にオーケストラも二つ、雅楽部《ががくぶ》も……」

目まいがしてきた。

「そんなにあったら、どこの予算の余りかなんて調べられないんじゃ」

「そもそも音楽系サークルへの給付金だときまったわけでもありませんし。生徒会からのお金なら封筒に部の名前と金額を書きますし」

あの封筒にはそんなもの書いてなかった。ますますわからないじゃないか。

「でもこの学園のお金の流れは、すべてキリカさんのところに集まってますから。二十二万円といえば大金です、きっと見つかります」

美園先輩が力強く言うので、僕は生徒会室の奥に並ぶ五つの扉の左端を見やる。キリカは昨日から閉じこもったまま出てこない。

総務に入ってから知ったのだが、キリカは実際にこの生徒会室に住んでいるのである。服をはじめとした私物はみんな会計室のロッカーに入っているし、シャワーは中央校舎裏の体育会系の部室棟にキリカ専用のものが用意されているのだそうだ。色々とんでもない学校なので、生徒会室で暮らしている人間がいることぐらいではすでに僕も驚かなくなっていた。でも、気になることはいくつかある。なんで素直に寮に部屋をもらわないのかとか、あとは――

「キリカ、食事はどうしてんですか」

「スナック菓子で済ませているようなのですけれど、心配で。あんな食生活では、成長期なのに育ちません」

美園《みその》先輩ははっと口を手のひらで押さえてから付け加えた。

「お、おっぱいのことじゃありませんよっ?」「なにも言ってねえよ」さりげなくおっぱい大好きだなこの人。

先輩がまた帳簿チェックに戻ってしまったので僕が手持ちぶさたでいると、会計室の扉が開いてキリカがよろよろと出てきた。頭のリボンがしおれ、青い顔をしている。

「ど、どうなさったんですかキリカさん」

先輩は立ち上がってキリカに駆け寄る。

「食料が切れた。買いにいってくる」

「そ、そういうときこそひかげさんの出番です！　庶務《しょむ》で、しかもキリカさんの直属の部下なんですから！　キリカさんは少し休んでください」

キリカは意外にも素直にうなずいた。

「じゃあお願い、ひかげ」

「ウサギに言うな。それからおまえも食うな」

キリカが僕の足下にかがみ込んでウサギの鼻先に千円札を突きつけ、ウサギの方もうれしそうにそれを囓《かじ》り始めたので、僕はあわてて札を引ったくった。

購買部から戻ってきた僕は、ふくらんだ袋を美園先輩に渡そうとしたのだけれど、先輩は首を振った。

「ひかげさんが持っていってあげてください。補佐役なんですから」

「いや、僕はちょっとキリカを怒らせて会計室に入るなって言われてるんです」

「大丈夫です！　こんなこともあろうかと用意してあります」

美園先輩が机の引き出しから取り出したのは、ふわふわの帽子だった。素地《そじ》は淡いベージュ色で、二つの目と、真っ赤で光沢のある三つの丸が描かれている。

「……なんですかこれ」

「アンパンマンのなりきり帽子です。キリカさんは絵本が大好きですから、これをかぶって食べ物を届けにきた人を追い返せるはずがありません！」

僕は思わず窓に目をやって、初夏の太陽が現実的な角度で部屋に差し込んでいることを確認してしまった。

反駁《はんばく》するのもめんどうになったので、素直に帽子をかぶって会計室の扉をノックする。返事がないので、「お菓子買ってきたよ。……開けるよ？」と訊《たず》ねる。十五秒待ってからノブを回した。

あいかわらず薄暗い部屋で、マルチモニタの光が椅子《いす》に沈み込んだキリカの後ろ姿を淡いシルエットにしていた。

「入っていいなんて言って――」

椅子《いす》を回して振り向いたキリカは、僕の頭を見て口を半開きにして固まる。

「……あー……ええと。先輩がかぶってけって。……ごめんっ」

キリカの目がみるみる冷たくなっていくので、僕はそのまま後ずさって会計室を出ようとした。でも彼女はサイドテーブルを指さしてつぶやいた。

「そこ置いて」

それからモニタの方に向き直ってしまう。僕はおそるおそるテーブルに近づいて、スナック菓子の袋を積み上げた。

「ポテチの袋開けて。ぜんぶ」

六種類あるんだけど全部食べるの？　耳の穴からジャガイモの花が咲いても知らねえからな？　と思いながらも僕は言うとおりにした。次はどうするんだ、ブランデーでもふりかけるの？　とキリカの方を見たら、ちょうど僕の頭のアンパンマンにそうっと手をのばしてなでようとしていた彼女と目が合った。その頰《ほお》がかあっと染まり、キリカはものすごい勢いで椅子を回してあっちを向いてしまう。

「……いや、べつにいいけど、触りたいなら」

「そんなこと言ってない！」

しかし、ポテチの袋の脇《わき》に帽子をそっと置いてやったら、キリカは食べようと手をのばすたびにアンパンマンをなでたりつっついたりしているのである。

ふと入り口近くの小さな書架を見やると、絵本や児童書がぎっしり並んでいて、アンパンマンもそろっていた。ほんとに絵本が好きなんだな。八億もの大金の管理を一手に引き受けている一方で趣味は幼い。大人なのか子供なのかよくわからないやつだ。

「絵本はぜんぶママからもらった。わたしが自分で買ったわけじゃない」

僕の疑問を見透かしたのか、キリカが言った。

「そうなんだ。えらく大事にしてんだね」

一冊ずつ、透明なブックカバーがかけてあるのだ。『おかねのきもち』なんていう絵本までとりそろえているあたり、さすがというかなんというか。

「これもお母さんがくれたの？」と僕はなにげなく訊《き》いてみた。「ちっちゃい頃《ころ》からお金の英才教育されてたのかな。……んなわけないか」

ところがキリカはうなずいた。

「大事なことは、子供のときにみんなママから教わった。お金のことも」

僕は本を棚に戻そうとした手を止めて、キリカの顔を見つめる。声が、水の底に沈んだ石みたいに固く冷たく確かだったからだ。

「幸せってお金のことなんだってママは言ってた」

ずいぶん現実的というか世知辛い母親だな。子供に教えるようなことか？　と思ったら、キリカはこう続けた。

「必要なだけのお金が、必要なときに、必要な場所にあること。それが幸せっていうこと。それ以上の幸せは、心の中にしかない。だからわたしはお金動かすのが好き」

僕は『おかねのきもち』の絵本を棚にそっと押し込むと、キリカを取り囲むモニタを見回した。読み方もよくわからない図表が浮かび上がっている。白と黒のバーがすだれみたいに並んだチャートがいくつも重なって表示されている。

なんとなく、彼女の言っていることはわかるような気がした。

別の言い方をなにかの本で読んだことがある。お金があっても幸せになれるとは限らないが、お金がないと必ず不幸になる。

「あの二十二万円がどこかの予算だとしたら、だれかが二十二万円分不幸になってる。でも見つからない。領収書はぜんぶチェックしたのに……」

キリカの声はどんどん細くなっていく。僕もつられてうなだれていた。

「ごめん」

僕が謝ると、キリカは戸惑った目を向けてくる。

「たったの二十二万円とか言って、ごめん。会計の仕事、よくわかってなかったよ。キリカのこと、ただお金が大好きなだけかと……」

キリカは首の腕章《わんしょう》をぐっと引っ張り上げて顔の下半分をうずめた。

「……べつに、あなたに謝ってほしくて、こんな話したわけじゃない」

そんな言い方をされると、僕はさらにごめんと言ってしまいそうになる。

「それに、誤解しないで。お金は大好き。運用して稼ぐのも好き」

僕は顔を上げた。

「あー……そうなの？」

やっぱりそうなのか、とモニタの右端をもう一度見やる。

たしか、この白と黒のすだれみたいな表は、株価の変動チャートだ。

「それ株だよね。高校生が株やれるわけないって思ってたけど、ひょっとして」

キリカは曖昧《あいまい》にうなずいた。

「これは、ゲームだから」

「ゲーム？」

「そう。仮想株取引ゲーム。相場の動きは現実の市場を見てるけど、動いてるお金はゲーム内通貨なの」

へえ、そんなネットゲームがあったのか。なるほど、それなら高校生でもできるわけだ。キリカはちょっと得意そうに言葉を付け加えた。

「いま、わたしの資産は十三億円まで増えてる。今期、全国トップ。口座が開設できるようになったらすぐにほんものの取引始める」

「すごいな。高校卒業したらすぐに独り立ちできちゃいそう」

「……できると思う？」

腕章《わんしょう》に顔をうずめたキリカが、ちらとこちらを向いて訊《たず》ねる。僕の甘っちょろい予想を馬鹿《ばか》にしているわけではなく、ほんとうに不安で切実そうな質問だった。というかこの訊《き》き方、実際に卒業してすぐ独り立ちしたいと思ってるんだろうか？

「できるんじゃないかな」と僕は軽い気持ちで答えた。健康のためにも、家政婦を雇った方がいいとは思うけど。

「でも」とキリカはうつむく。「わたしが今これだけプラスなのは、けっきょく遊びだから。リスクないから。もし現実のお金だったら、こんなに思い切って信用取引でレバレッジかけられないと思う。そんな勇気ない」

専門用語はよくわからなかったけれど、借金して大きく張るとかそんな意味じゃないかとは思った。

「現実だと、わたしは、全然稼げないかもしれない」

うなだれるキリカが萎《しお》れていくように見えて、僕はつい口を開いていた。

「キリカは探偵もできるじゃんか」

奇妙な間を置いてから、彼女は顔を上げた。目に戸惑いがある。僕は自分の間抜けな発言を恥じつつ、しかし言いっ放しにするわけにもいかず、言葉を続けた。

執行部会計

「ほら、一回千五百円だか千八百円だか、今でも現実に稼いでるだろ。大丈夫だよ」

「あ……」キリカの頰《ほお》が少し染まる。「あんなの。あれだって、遊びみたいなもの」

「でも、僕はあれですごく助かったんだよ。遊びなんかじゃないよ」

そう言ってみると、キリカは恥ずかしそうに腕章《わんしょう》を引っぱりあげ、椅子《いす》の上に両脚をもってきて膝《ひざ》を立てる。なにかまずいことを言っただろうか。彼女の膝からファイルが滑り落ちて床を鳴らし、キリカははっと目を見開く。椅子《いす》から転げ落ちそうなくらい不自然な体勢でファイルを拾おうとしたので、あわてて僕は拾い上げて渡した。

「こ、こんな話してる場合じゃなかった。もう一度全チェックする。あなたは出てって」

僕がキリカとのやりとりの一語一語を反省しながら会計室を出たとき、ちょうど生徒会室の扉が開いて肩を落とした会長が入ってきた。

「失敗した……」

珍しく会長は険しい表情で、言葉少なに自分の執務机に座って顔を伏せた。二つに束ねた黒髪が机をなめる。

「どうしたんですか狐徹《こてつ》」美園《みその》先輩がファイルから顔を上げて訊《たず》ねる。

「今日も音楽科棟に行ったんだ。そうしたら音大からの研修生が何人か来ていた」

「それが?」と先輩がさらに訊《たず》ねると、会長はぐわっと顔を上げた。

「美人ばっかりなんだよ、あたしも音楽科にしておけばよかった!」

「あんたなにしに行ったんだよ！」

「音大生がご令嬢ばかりというのは都市伝説じゃなかったんだな。今年もあんなにハイレベルだとは思ってなかった」

「狐徹、仕事は？」と美園先輩が冷ややかな声で話を戻す。

「おっと。もちろん忘れていないよ。春川《はるかわ》先生に、金の発見場所を詳しく教えてもらってきた。音楽資料室が第四まであるなんて、さしものあたしも知らなかったよ。机の引き出しを整理していたときに見つけたそうだ。決算のチェックは？」

「キリカさんが徹夜でしてくださいましたけど、異常なしです」

会長は腕組みする。

「じゃあ生徒会と無関係の金ってことじゃないか」

「あれは生徒会費の専用封筒でしたし」

「それは中身が生徒会費用だっていう証拠《しょうこ》にはならないだろ。無記名だったし」

会長は生徒会室の隅に設置された金庫を見やる。くだんの二十二万円は、今はそこに保管されている。

「あの封筒って」僕は思いきって口を挟んだ。「普通は手に入らないものなんですか」

「金銭用だからそんなに出回るもんじゃないけど」と会長が答える。「生徒会の各機関にはだいたい常備されてるから、入手は簡単といえば簡単」

それじゃほんとになんの証拠《しょうこ》にもならないのか。ちょっと考えてから僕は軽い気持ちで言ってみた。

「落とし物みたいなものでしょ。全校に知らせて心当たりのある人に名乗り出てもらえばいいだけじゃないんですか?」

美園《みその》先輩は困った顔を、会長はあきれた視線を向けてくるので、僕は縮こまった。なんかまた馬鹿《ばか》なことを言ってしまったらしい。

「公表したら生徒会室はパンクするぞ」

「はあ」なんで?

「この学園は金にがめついやつが多いから、二十二万円も生徒会費が余ってるって知れたら色んなのがハエみたいにたかってくる」

「実際に去年、あったんです。あのときはけっきょく職員室側の手続きミスでしたけど、三日間大騒ぎになりました。だから今回は、春川《はるかわ》先生にもきつく口止めをしてあります」

「たかる、って……どうやって」

ほんとに余りだとしても、頼んだらもらえるような金じゃないだろ?

でも僕は甘く見ていた。それからすぐに実例がやってきたのだ。

「うちの部の金です。間違いありません」

その眼鏡《めがね》の男子生徒は、生徒会室にやってきていきなり、応対した僕に言った。

「……はい？」

「第四音楽資料室は音楽史関係の書庫です。まず弦楽《げんがく》部しか立ち入りません。だからそこで見つかった金は弦楽部のものでまず間違いありません」

彼は自信たっぷりに言った。襟《えり》章を見ると高等部音楽科、二年生。先輩なのに僕に対して折り目正しい敬語で、かえって尊大さが際立つ。細面《ほそおもて》で髪もぴったりしていて、陶製の人形みたいな印象だ。

「ええと、僕に言われても」

会長と美園先輩は予算折衝《せっしょう》で会議室に出かけてしまっているのだ。キリカはもちろん、会計室から出てこない。

「だいたいなんで知ってるんですか、それ」

「だれから聞いたのだったか……音楽系の部室棟ではみんな知っています」

おい！　口止め意味なしかよ！

「おそらく昨年の定期コンサートの売上金だと思われます。返却願います」

彼は眼鏡のブリッジに中指をあててそう言った。僕はこのしぐさを実際にやる人間をそのときはじめて見た。

「とにかく今、会長も副会長もいないので、話だけ伝えておきますから、ええと、名前とクラスを」

「おやおや。あきれたものですね。それでも生徒会メンバーですか」と彼は眼鏡《めがね》のフレームを中指一本で押し上げた。「白樹台弦楽部《はくじゅだいげんがく》のマエストロ、中央音楽コンクール弦楽部門三連覇の石崎涼介《いしざきりょうすけ》を知らないとは」

あきれているくせに丁寧《ていねい》な自己紹介ありがとうございます。あと自分でマエストロっていうな。

「天王寺《てんのうじ》会長には後でこの石崎から話を通しておきますよ、先に金を渡してもらいましょう。弦は金がかかるんですよ」

「待ちなさい石崎！」

生徒会室の扉が乱暴に開かれ、肩を怒らせた女子生徒が踏み込んできた。僕はぎょっとする。こちらも高等部音楽科の二年生だとわかる。これからどこの夜会に出かけるのかと訊《き》きたくなるくらい派手に髪をカールさせていて、制服には似合っていないことこのうえない。彼女はマエストロ石崎をにらみながら僕を指さして言う。

「彼は編入生だし、正式な生徒会役員じゃないし、とくになんの仕事も任されてないし、毎日ウサギに餌《えさ》をやるだけの係なんだから、そうやってたたみかければ押し切れると思ったんでしょう、そうはいかないから！」

……いや、事実だけど、ぜんぶ事実だけどさ！

彼女はそのきつい目を僕に向けてくる。

「石崎になに吹き込まれたか知らないけど、第四資料室は音楽科の生徒ならみんな入れるんだから。それに、あのお金がうちのだって証拠《しょうこ》もあるの！」

「……あー、ええと、うち、って？」ていうかあんただれ？

「あきれた！」彼女は大げさなしぐさで髪を後ろに払った。「編入生っていったって不勉強すぎるでしょう、それでも生徒会なの？　ウイオケのコンサートミストレス、全日本高校音楽コンクールオーボエ部門二連覇の北沢絵里奈《きたざわえりな》を知らないなんて！」

あきれているくせに丁寧《ていねい》な自己紹介ありがとうございます……。あんたら双子の姉弟かなにか？

「北沢くん、詐欺《さぎ》まがいはやめなさい。音楽科の恥です。なにが証拠ですか」

「詐欺まがいはそっちでしょ。あなたたちのつまんないコンサートなんかで儲《もう》けが出るわけないじゃない。うちの夏合宿の繰越金《くりこしきん》、先輩たちが卒業しちゃってからどこに保管してあったのかわからなくなったの、きっとそのお金がそう」

「どこが証拠なんです？　だいいち、きみのところみたいに低《てい》レベルなクラブに合宿の必要なんてないでしょう。見栄《みえ》張って毎年借りてる市民会館の大ホールはがらがらじゃないですか」

「あんたたちが毎年嫌がらせで日付かぶらせてくるからでしょ！」

「それこそ集客力がないのをごまかす言い訳でしょう」

「そっちがまぎらわしい告知打つからッ」

「ちょっ、あ、あのっ」

僕は二人の間に割って入った。

「こ、こんなとこでけんかしないでください。ええと、北沢《きたざわ》？　北沢さん？　は、どこの部なんですか。ウイオケ？　ってなんですか？」

「白樹台《はくじゅだい》ウインドオーケストラ。それくらい勉強しておいて」

ウインドオーケストラ……「ああ、吹奏楽部ですか」

「ブラバンと一緒にしないで！」

なんで怒られなきゃいけないの？　意味わかんねえ。しかも騒動はそれで終わりではなかった。北沢さんとマエストロ石崎《いしざき》が再び口げんかを始めようとしたとき、生徒会室の扉が再び開いた。

「予算が余っていると聞きました！」

「お願いです、私たち白樹台エンジェリックコラールに支給してください！」

男女ペアが怒鳴り込んでくる。音楽科はこんなのしかいないのか、と思いたくなる。

「なん、なんですか？」

「白樹台エンジェリックコラールです、声楽コースの成績優秀者だけで編成されたエリート中のエリート――」

「あー、合唱部ですか」

「合唱部と一緒にするなッ」

もうなんなんだよこの学校の音楽科！

「合唱部はあんなに下手くそばっかりなのに毎年予算もらって定期演奏会やってるじゃない、私たちは部として認めてもらってないのに！　お願い、会場費だけでも！」

そこでマエストロ石崎が冷ややかに言った。

「きみたちはそういう態度だから、どこの歌唱系サークルからも爪弾《つまはじ》きにされてきたんですよ。謙虚になりなさい」

あんたに言われたくないと思うよ石崎先輩。

「あんたに言われたくないわよ石崎！」とエンジェリック女がヒステリックに言う。「だいたい合唱部もアカペラ部もゴスペル部も低《てい》レベルすぎて――」

わめく女子生徒の背後でまた扉が開いた。

「低レベルですみませんね！　先輩たちがいると部の空気が悪くなるから出てってもらったんでしょ！」

言い返しながら生徒会室に踏み込んできたのは、一年生の女の子だった。こちらは音楽科ではなくて——ええと、まだ僕も襟章《えり》を見てぱっと所属がわかるわけではなく——いやそんなことはどうでもいい。

「エンジェリなんとかなんて、六人ですよ、六人しかいないんだから同好会なのは当たり前です、役員さん、ぜったいに予算回したりしないでください、迷惑です！　今でも練習場所でもめてるんだから、これ以上調子に乗られたら困ります！」

僕に言われても困る……。どうやらこの娘、合唱部の代表らしい。なるほど、音楽科生とそれ以外が一緒に音楽系クラブをやると起きるという悲劇の実例がこれか。

「そうです。素直に弦楽《げんがく》部に返金してください。それが解決策です」とマエストロが口を挟んでくる。

「石崎《いしざき》、どさくさにまぎれてなに言ってんの！　ウイオケのお金だって言ってるでしょ」

「でたらめ言わないで！」「同好会に回して有意義に使うのがいちばんだろ！」

「先輩たち恥ずかしいと思わないんですかっ」

絶望的な騒ぎを収めたのは、なんと会計室から出てきたキリカだった。

「……うるさい」

彼女は僕の背後からぼそりと言った。その場の全員が黙り込み、僕の肩越しにキリカのリボンのあたりを凝視《ぎょうし》する。

「……聖橋《ひじりばし》……？」

「あれが……？」

「会計の」

音楽科の連中がぼそぼそと言葉を交わす。

「わたしはうるさいのきらい。うるさいと、目の前にいるだれかの――」

キリカは一同を見渡してぼそりと言う。

「部の予算を一桁《けた》減らしたくなっちゃうかも」

押しかけ連中は咳払《せきばら》いしたり視線をそらしたりして、だれからともなくそそくさと出ていってしまった。

「追い払うくらいできないの？」

キリカに冷たく言われ、僕はうなだれる。ごめん。

「そうだヒグマはちょっとだらしないぞ」と執務机にふんぞり返った会長が言った。

「……って、いつ帰ってきてたんですかッ？」

「だいぶ前からだよ。一部始終見てた」

入り口にずっとみんないたのにどうやって？　忍者かよ？　いや、そうじゃなくて。

「見てたんなら止めに入ってくださいよ大変だったんだから！」

「ヒグマのかっこいいところが見られるかと思って黙って座ってたんだ」

動物園でも行ってろよ。

「さて。見事に情報がだだ漏れだったね。春川《はるかわ》先生が喋《しゃべ》ったのかな。また音楽科棟に行ってくるよ」会長は立ち上がった。「しっかりと口をふさいでこよう。春川先生はなかなかあたしの好みなんだ。去年、研修生として来てたときから目をつけていたんだよ」

「ちょ、ちょっと待てッ」僕は扉の前に立ちふさがった。「事情を聴いて口止めするだけなら、ぼ、僕が行きますから」

「どうして？」

「会長、なんか春川先生にとんでもないことしにいくつもりでしょ」

「唇をふさぎにいくだけだぞ？」唇って言ったよ唇って！　舌なめずりしながら！

「とにかくだめです、おとなしくしててください」

会長を執務机の方に押し戻すと、僕は生徒会室を出た。


音楽科エリアは、白樹台学園《はくじゅだい》の広大な敷地の北端に位置していて、馬鹿《ばか》馬鹿しいことに大きなため池を迂回《うかい》しなければならず、生徒会室から歩いて五分以上かかる。モダンな造りの多目的ホールのシルエットが湖面に映り込むしゃれた配置になっているが、歩かされるこっちとしてはいい迷惑である。

音楽科棟はかなり新しい建物で、チーズタルトを三つ重ねたような不思議な形をしていた。現代美術館みたいだ。入り口がどこにあるのかもよくわからず、僕は同じ場所に立っている案内板を四回も見るはめになった。

内部は、長い廊下の片側に同じ間取りの部屋が並ぶごく普通の校舎だったので、安心する。楽器個人練習用の小さな防音室がワンフロアを占めているあたりはさすがである。音楽科というからにはそこらじゅうからピアノやヴァイオリンや歌が聞こえてくるのかと思っていたけれど、防音が完璧《かんぺき》なせいで驚くほど静かだった。

春川先生は三階の教官室にいた。

「あれ？　生徒会の」と僕をみとめて机から立ち上がる。

「ちょっと、いいですか」と僕は部屋の外を指した。

「なあに？　用事？」

「そうです、ちょっとここじゃ言えないことですから」

僕は教官室をちらと見渡す。この部屋だけでも他《ほか》に六人の教師がいる。内密の話はしづらい。ところが春川先生はなにを誤解したのか真っ赤になる。

「だ、だめでしょっ、そ、そういうの、先生と生徒なんだから」

なにがだよ？　この話の流れのどこをどうやったらそうなるんだよ？　と僕はつっこみそうになったけれど、衆目の中なのでやめる。春川先生の手を引いて教官室を出ると、階段の踊り場まで引っぱっていった。

「……せ、先生は、強引な男の子はきらいじゃないけどっ、そのっ、昔けっこう失敗して、実習生のときに」

「ちょ、ちょっとちょっと先生、そういうディープな話を無関係の僕にしないでください、あの封筒の話ですってば」

「あああ、そう、そうだった」

先生は埃《ほこり》もついていないブラウスやタイトスカートのあちこちをぱたぱた払った。

「あの封筒のこと、だれかに言っちゃいました？」

「え？」先生は首を傾《かし》げた。「言ってないけど」

「あれ。おかしいな。弦楽部《げんがく》とかウイオケの人たちにもう知られちゃってるんですけど」

「ううん？　お金見つけたところ見られちゃってたのかな。でも第四資料室なんて普段だれもいないのに」

「お札取り出して持ったまま振り回しながら歩いたりとか……してませんよね、まさか」

「いくら私でもそんなことしないよ！」と先生は頰《ほお》をふくれさせる。

「すみません冗談です」

「自分のお金だったら嬉《うれ》しくてやったかもしれないけど」やるのかよ。「それで、石崎《いしざき》くんはなんて言ってたの？」

「ああ、ええと……弦楽部のコンサートの売り上げじゃないか、って。そこにウイオケの北沢《きたざわ》さんて人が入ってきて、けんかになっちゃって。金渡したら調子に乗るからやめろ、こっちによこせ、みたいなことをお互いに」

「そう……困ったなあ。相変わらずか」

相変わらず、ということはあの連中はいつも顔を合わせるとあの調子なのか。音楽科なんて選択肢にも入ってなかったけど、それでも選ばなくてよかったと心底思う。

「お願い。どうにかして。生徒会だけが頼りなの」

春川《はるかわ》先生はまたしても無防備に僕の両手をぎゅうっと握った。

「だ、大丈夫ですよ。お金のことは任しといてください」

今後ともぜったいに他言しないでくださいね、と念押しすると、僕は先生と別れた。訝《いぶか》りながら音楽棟の階段を下りる。楽器ケースを背負った生徒たちと何度もすれちがう。さて、それじゃあどこから漏れたんだろう。押しかけてきた連中はみんな「お金が余っている」ということをはっきり知っていた。

このまま手ぶらで帰っては役立たずきわまりないので、弦楽部かウインドオーケストラの部室を探すことにした。当人たちにもう少し詳しい話を聞きたかった。

マエストロ石崎凉介《りようすけ》は探すまでもなかった。音楽棟の瀟洒《しようしや》なロビーの真ん中で、譜面台を前にして一心不乱にタクトを振っていたのである。まるでオーケストラの演奏がどこからか聞こえてくるかのような気迫！　……といいたいところだけれど、行き交う生徒たちの足音や談笑する声だけしか聞こえない中で、やっぱりその光景は間抜けにしか見えなかった。ていうかよく見たら握ってるのが指揮棒じゃなくて夜店でよく売ってるピロピロ伸びる笛だった。なんなんだこの人。そして音楽科生がだれ一人として気にも留《と》めずに通り過ぎるのがまたすごい。慣れてるんだろうか。

ひとり立ち止まって凝視《ぎょうし》している僕に気づいたのか、石崎《いしざき》先輩はタクト（？）を譜面台に置いて目を上げた。

「おや、生徒会の。先ほどはお邪魔様。こんなところでどうしたんです」

「こんなところでどうしたはこっちのせりふですけど……」

「見ての通りですよ」石崎先輩は肩をすくめた。「ぼくのオーケストラに参加してくれる木管や金管を募集しているところです。笛というところで管楽器募集を意味し、ピロピロ伸びるところで『ともに成長しよう』というアピールをしているのです。見ればすぐわかるでしょう？」「わかんねえよ！」わかったらあんたと同じ病気だよ！

ロビーを行き交う生徒たちに目をやって、石崎《いしざき》先輩は物憂げにため息をつく。

「ほとんど毎日やっているのですが、だれひとり声をかけてくれません」

「そりゃそうでしょうね……」僕が声をかけた最初のひとりか。憐《あわ》れみと奇異の視線が集まるわけである。「ていうか弦楽部《げんがくぶ》なのになんで管楽器が必要なんですか」

「このぼくはいずれ白樹台《はくじゅだい》フィルハーモニー管弦楽団《かんげんがくだん》を率いるマエストロですよ。弦楽ばかりではレパートリーが広がらない」

「ウイオケとかブラバンに頼んで共同でやれば」

「他《ほか》の部に頭を下げるなんてもってのほか、このぼくの手となり足となり楽器となる演奏者がほしいんですよ！」

一生無理だろうなあ、と思う。

「そのために、消耗品もできるかぎり高品質のものを用意したい。音楽は金がかかるんです。早くあの金を返してください」

「あー、それ、その話なんですけど、封筒のことだれから聞いたんです？」

石崎先輩は眉《まゆ》をひそめた。

「だから、もうだいぶ噂《うわさ》になってるんですよ。うちの部のチェロの子たちが話してたんだったか」

僕は慎重に、その相手の名前を聞き出した。無関係の人に事情を聞いて噂をかえって広めてしまったらたいへんだ。

「さあ、情報提供もしました。金です、金！　一刻も早く！」

「だめにきまってるでしょ。だいたい、コンサートの売上金でしたっけ？　それ証拠《しょうこ》あるんですか？　帳簿とか見せてくれないと」

「自慢じゃありませんが我が部はみな数字に弱いので、会計はすべて顧問の先生に投げっぱなしだったのですよ！」

ほんとに自慢にならないんだから胸張って言うなよ。

「わかりましたよ、じゃあ顧問の先生に訊《き》きます」

「無駄です。去年までの顧問の東村《ひがしむら》先生は、もうやめてしまいましたから」

「え、ええ？」

「つまり証拠《しょうこ》が調べられないからこそ売上金だという口実をでっちあげ——おっと、こっちの話です」

僕はあきれて口をぱくぱくさせる。この学校には金の亡者しかいないのかよ？

そろそろ面倒くさくなってきたので、足早にロビーを出た。話がどんどんこんがらがってきて、マエストロの相手をしている気力がもうなかった。

校舎を出たところで、僕の足に疑問がまとわりつく。

そもそも、この事件はいったいなんなんだ？　金が消えた、ならまだわかる。金が出てきたっていうのはどういうことなんだ？

白樹台《はくじゅだい》ウインドオーケストラは、音楽科棟の裏側にある日当たりの悪い旧校舎を練習場所にしていた。かび臭い木造で、防音も完璧《かんぺき》ではないので隣室のパート練習の音が壁伝いに聞こえてくる。

「……しかたないでしょ。他《ほか》に場所がないんだから」

コンサートミストレスの北沢《きたざわ》先輩は、そう言って頬《ほお》をふくらませた。

「ブラバンとちがって、うちの部は音楽科生しかいないから弱小だし」

「弱小なんですか。なんで？　だって、音楽科生たくさんいますよね、みんな楽器得意なはずだし……」

「音楽科なのに部活も音楽系選ぶ方が少数派なの、わかるでしょ？」

なるほど。言われてみればそうか。僕ら普通科でいえば、放課後もクラブ活動で国語だの英語だの数学だの勉強するようなもんだ。

「だから支給額も少ないの。管はお金かかるんだから、早くあのお金回してよ！　部費なんてほとんどコンサート会場費に消えちゃうから、リードの替えもないし楽譜のアレンジも頼めないしゲスト指揮者も呼べない」

「学園の音楽堂とか多目的ホールとか使えば無料じゃないですか」

「あそこ音響悪いの！　あんなところで私たちが演《や》れるわけないでしょ」

うわあ、さすがプロを目指そうかという人はわがままぶりがひと味ちがう。

「ええと、それで、夏合宿の繰越金《くりこしきん》でしたっけ？　それ、証拠あるんですか」

「自慢じゃないけど、ウイオケはみんな数字に弱いから会計は顧問の先生に任せっきりだったの」

どこかで聞いたぞこのせりふ……。

「……それなら、顧問の先生に話を聞き——」

「顧問の東村《ひがしむら》先生は、年度末にやめちゃったけどね」

あれえ？　こっちも東村先生が顧問なの？

「つまり証拠《しょうこ》が調べられないから繰越金《くりこしきん》だってでっちあげ——うううん、なんでもないってば」

ほんとに金の亡者しかいないのかよ！　退職の理由は知らないけれど、こんな連中の顧問を任されたら、そりゃ投げ出して逃げたくもなるんじゃないかな、と僕は思った。

生徒会室に戻ってことの次第を報告すると、美園《みその》先輩がすぐに教えてくれた。

「弦楽《げんがく》部とウイオケは、もともとひとつの部だったんです。白樹台《はくじゅだい》フィルハーモニー管弦《かんげん》楽《がく》団、音楽科生の有志を集めた本校の名物オーケストラでした。でも、三年ほど前に弦楽《がく》と管楽にけんか別れしてしまったのだそうです」

「ああ……なるほど」

色々と腑《ふ》に落ちた。それでウイオケはブラバンと一緒にされると怒るわけだ。ブラスバンドは「バンド」だからポピュラー音楽中心。でも白樹台ウインドオーケストラは管弦楽団の片割れだから、ばりばりのクラシックだ。

「それで顧問が一緒だったんですね」

「ええ、でも東村先生は昨年度末で退職されてますね。ドイツの楽団のオーディションに受かったとかで、連絡を取るのは難しそうです」

僕はあごに手をあててしばらく考えた。

その東村って人、怪しくないか？　オーケストラの顧問で、会計を任されていて、今は国外に逃げてる。いや、逃げてる、ってのは僕の考えだけど。弦楽部やウイオケの部費をすべて管理していた上に、追及も受けないのだから、なんでもできてしまう。

でも、そこで疑問はまた同じ吹きだまりに戻ってきてしまう。

金はなくなったわけではない、余ったのだ。それってどういうこと？

生徒会室中央奥の執務机では、会長が椅子《いす》に身を沈めて昼寝していた。会計室の扉に目を移す。キリカも中にこもりきりだ。頼りは美園先輩しかいない。

僕がぐじぐじこだわるような問題じゃないのかな。頼まれたわけじゃなく、勝手に色々調べてるだけだし、とくに収穫もなかったし、なにかぱっと筋道だった推論を思いつくほど頭良くないし。

そのとき、生徒会室のドアにノックの音がする。

「はい、お邪魔ー」

開いたドアの隙間《すきま》から、ウェーブのかかった茶髪がのぞく。入ってきたのは監査委員長の郁乃《いくの》さんだった。部屋に踏み込んできたときからすでにその口元にはキツネの笑みが浮かんでいて、僕はいやな予感にとらわれる。会長もすぐに跳ね起きた。

「なんのご用ですか郁乃さん」

美園《みその》先輩が警戒心丸出しの口調で言って立ち上がり、郁乃さんに指を突きつける。

「この間のような好き勝手は、もうさせません。この竹内《たけうち》美園、総務のおっぱいは全力で守ります！」

もっとべつのものを守ってくれないだろうか。品性とか……。郁乃さんは手をひらひらさせて言った。

「ちゃうねん。今日は仕事の用件だけや」

会長の机の前までくると、郁乃さんは悪戯《いたずら》っぽくちょっと身体を傾け、天王寺《てんのうじ》狐徹《こてつ》の顔をのぞき込み、訊《たず》ねた。

「二十二万、不明金が出たんやってな？」

広い生徒会室に、はっきりと緊張は走った。美園先輩ははっとして固まる。僕も啞然《あぜん》としていた。監査にまで、金の話が漏れている？　どうして？　どこから漏れたんだ。音楽科での噂《うわさ》がたった一日でそこまで届いちゃったのか？

会長は腕組みして眠たげな目で郁乃さんをにらみ返した。

「なに言ってんだおまえ」

ああ、ちゃんととぼけるべきときは真面目《まじめ》にとぼけられるんだな、と僕は妙なところで感心していた。でも郁乃さんはにっかり笑って続ける。

「腹芸は要らへんよ。調べはついとるんや。予算折衝《せっしょう》のこの時期にたいへんやね？　どや、調査を監査委員に丸投げせえへん？　じっくりたっぷりねっぷり調べたるで」

「ふうん。そのかわり予算修正に一枚噛ませろってか。そんで内部から予算案を丸裸にしようって？　やなこった。不明金なんてどこにもないよ。郁乃は指くわえて、新しいセクハラのやり方でも考えてろ」

「こてっちゃんに言われんでも毎日二つは考えとるよ」

「甘いな。あたしは四つは考えてるぞ！」

「なに張り合ってんですか」話ずれてるどころじゃないよ、脱線して谷底に転落だよ。

と、郁乃さんの粘っこい視線が僕に向けられる。

「ま、ええわ。調査権回してくれへんでも、情報が入るルートはいくらもあるで」

おい。なぜそんなことを言いながら僕を見る。美園先輩の不安そうな目が、それから会長の訝《いぶか》しげな目が、僕に流される。

「今年の予算編成は楽しみや。ばいにゃー」

郁乃《いくの》さんはなおも僕に向かって手を振ると、生徒会室を出ていった。扉が閉じた後も、しばらく居心地の悪い空気が漂う。あの女、なにしにきたんだ。ああいや、それよりも。

僕はおそるおそる会長の顔をうかがう。

「……え、ええと、あの、郁乃さんが言ってたのは、そのう、一昨日《おととい》だったかに」

「知ってるよ。監査委員にならないかって誘われたんだろ」

胃袋に氷を直に突っ込まれた気分だった。

「な、なんで知って――」

「今のが生徒会長に必須《ひっす》のスキル、『かまかけ』だ」

「あ、あ……」

「郁乃が高等部第三男子寮《トネリコ棟》に向かってるところは見てたからね。あと、朱鷺子《ときこ》にも誘われてるだろ？」

僕は縮こまる。

「んふ。あいつらの考えそうなことだ。あたしの男を見る目が正しかったたって意味でもあるけれどね。さて」

会長は椅子《いす》から立ち上がって、ブレザーの肩にまとわりついた髪の房を手で後ろに払い落とした。

「監査にまで漏れてたとなると話は別だ。ちょいと急がないと」

「あ、あ、あのっ、僕じゃないですよ」

思わずひっくり返った声で言ってしまう。会長は「ん？」と首を傾《かし》げた。

「僕、郁乃さんになんにも喋《しゃべ》ってないですから、ほんとです」

ところが会長は目を細め、冷え冷えとした声で言った。

「それはどうでもいいんだよ」

「……え……？」

「きみが郁乃に転んでても転んでなくても、どのみち『喋ってない』って言うにきまってるじゃないか。だから、それはきみの問題じゃなくて、あたしの問題なんだ」

背中がぞわぞわした。なんだよそれ。僕なんて信用してないってことなのか？　助けを求めるように美園《みその》先輩を見たけれど、彼女もすでに席を離れて、会計室の方に足を向けていた。

「キリカさん？　今、お時間大丈夫ですか？」

先輩の声に応《こた》えて、扉が開く。また徹夜明けなのか、顔色の悪いキリカがよろけながら出てくる。

「事情は聞いてました？」

キリカはロボットみたいにうなずいた。それから先輩の肩越しに会長へと目を移す。

会長の手が一閃《いっせん》した。宙を切り裂いて投げつけられたその光を、キリカの顔にぶつかる寸前で美園《みその》先輩がキャッチする。もう一投、さらにもう一投。

「狐徹《こてつ》っ！　危ないでしょう、投げないでください！　私の愛するキリカさんが傷ついたらどうするんですか！」

美園先輩はぷりぷり怒りながらも、受け取ったそれをキリカの手のひらに落とす。軽い金属音が響く。コインだ。三枚の五百円玉が、キリカの小さな手の中におさまる。

千五百円。前払いの料金額。

「もう、だいたい見えているんだろう？」

会長の問いに、キリカは小さくうなずいた。

「うん。それでこそあたしの誇り、白樹台《はくじゅだい》生徒会の至宝だ。それじゃあ」

会長は指鉄砲でキリカの眼《め》を撃ち抜いた。

「完膚無きまでに、探偵してくれ」

キリカはもう一度うなずく。

その指が、首に巻かれた腕章《わんしょう》の裏に差し込まれ、斜め下に払い落とされる。浮き上がった腕章《わんしょう》のマフラーが半回転して、あらわれた『探偵』の二字が僕の目を射貫いた。

キリカの探偵業務は、いつかの僕とウサギの事件のときのように、ごくシンプルで一直線だった。彼女はまず生徒会室の隅の金庫に歩み寄ると、かがみ込んで扉を開き、中からなにかを取りだして中央の机に戻ってきた。

くだんの、二十二万円の入った封筒だ。

僕と美園先輩が見守る中、キリカは封筒の表面を鉛筆の芯《しん》の側面でまんべんなくなでた。やがて、かすかに空白が文字となって浮かび上がる。

白樹台学園生徒会　監査委員会

——と読める。

その下段には日付もあらわれる。今年の四月だ。

「……なに、これ」

黙って封筒を見つめるキリカのかわりに、美園先輩が答えてくれる。

「これ、監査の判子の跡ですね」

「判子？」

「ええ。おそらく、この上に重ねてあった封筒に判子を捺《お》したときについた跡だと思います」

「……つまり、この封筒の出所は監査委員会だってことですか」

「そういうことに、なりますね」

だとすると、それでどうなるんだ？

僕はキリカの顔を見上げた。彼女は踵《きびす》を返して生徒会室の両開きの出入り口に向かうところだった。

「どちらに？」と美園《みその》先輩が訊《たず》ねた。

「市役所。確認してくる。それでこの事件はおしまい」

市役所？　それでおしまいって、真相がわかったってこと?」

キリカはそれ以上なにも言わず、生徒会室を出ていった。会長は口元にかすかに笑みを浮かべると、また昼寝に戻ってしまった。美園先輩はなにか言いにくそうにしながら僕のそばに寄ってきた。

「……あの、ひかげさん。さっき狐徹《こてつ》が言っていたのは、つまり」

「美園」いきなり会長が険しい声で言った。「そういうのは説明しなくていい。したって無駄だよ」

美園先輩は黙り込んでしまう。申し訳なさそうな視線だけが僕の頬《ほお》のあたりに引っかかっている。なんだよそれ、と僕は五十回目くらいに思う。新参者で役員でもない僕は信用できないからなにも教えられないってことか？　それならとっととこの腕章《わんしょう》をむしり取って追い出せばいいのに。どうせ、大した仕事なんてしてないんだし。

小さくてあたたかいなにかが僕の足にまとわりついた。

見下ろすと、灰褐色の毛玉が僕の上履きを鼻先でつっついている。ウサギだ。

そうだな、おまえの世話っていう大事な大事な仕事があったっけ。肩を落としてかがみ込もうとしたとき、ウサギはひょいと僕から離れ、扉の方へと走り出した。

「お、おい」

扉を引っ掻《ひか》こうとしていたので、あわてて開けてやると、ウサギはするりと廊下に出ていく。

校舎北端の階段を一階まで下りきったあたりで、僕とウサギはキリカの小さな背中に追いついた。彼女は手すりをつかんで振り向き、無表情に僕をながめる。

「……なに？」

「え、ああ、いや、その」

僕が言葉に迷っている間に、ウサギはキリカの腕に抱き上げられ、ブレザーの胸に気持ちよさそうに長い耳を押しつけて目を閉じる。なんだか見ていられなくなって視線をそむけた先、僕の左腕には、紺色の腕章《わんしょう》が巻かれている。

「……僕、庶務《しょむ》だから」

けっきょく出てきたのはそんな言葉だ。

「なにか人手が要るかもしれないだろ。ついてくよ」

キリカは目を伏せ、踵を返してつぶやいた。

「行こ、ひかげ」

もちろんウサギに言ったのだ。ますます落ち込んできた。

白樹台学園《はくじゅだい》は駅前の一等地に建っている——というか占領している——ので、市役所は非常に近い。真相はあまりにもあっけなく明らかになった。

窓口での確認が終わった後、僕は市役所の外の植え込みに腰掛けていたキリカのところに戻り、報告した。キリカは僕の話を黙って聞き終えると、膝《ひざ》の上のウサギをなでた。

「……で、どうするの?」思わずそう訊《き》いてしまう。キリカは訝《いぶか》しげな目を持ち上げた。

「関係者全員に連絡して、予約を取り消して、正しく再申請する。他《ほか》になにかすることがあるの?」

「ん……そうなんだけどさ」

僕はキリカからだいぶ離れた植え込みの端に腰掛けた。

「申し込み取り消したら、無駄になっちゃうよね」

「そんなのは知らない」

キリカは自分の首に手をやった。

「それはわたしの仕事じゃないから」

僕はぐっと唾《つば》を飲み込んだ。彼女の言い分が正しい。こんなの、ただの感傷だ。それでも僕は必死に言い訳を探した。

「……キャンセル料《りょう》とられるから、足が出るよね？」

キリカがかすかに目を見開いたのがわかった。ウサギを胸に押しつける手に、力が込められた。

「……だからって」キリカはつぶやく。「どうしろっていうの」

僕はうつむく。

「変な温情処理したら、べつのところから不満が出てくる。もう、色んな部の人間がこの話を知っちゃってるんだから」

そうなのだ。弦楽部《げんがくぶ》、ウインドオーケストラに加えて、エンジェリックなんとかや合唱部の連中にまで二十二万円の話は広まっている。全員を黙らせてはおけない。

でも、キリカだってさっきからいっこうに立ち上がらない。迷っているのだ。ここで真相をぶちまけて金の流れを元通りにして済む話ではないとわかっているのだ。ただ、それは探偵の仕事ではないし、会計の仕事でもない。

僕は？

もう一度、腕章《わんしょう》に目をやる。

庶務《しょむ》だろ？　なんでもやるんだろ。だいいち、頼まれたじゃないか。この両手を強く握られて、お願い、どうにかして、と頼まれたじゃないか。今なら僕にもはっきりわかる。

あれはそういう意味だろ？

だとしたら。

僕は息を詰めて、立ち上がった。最初にウサギが僕を見上げた。それからキリカが、灰色の髪の間から僕を不思議そうに見る。彼女の瞳《ひとみ》に、ちょっと間抜けなくらい緊張した僕の顔が映り込んでいる。

「やってみたいことがあるんだ。会長に頼んでみる」

*

音楽科棟の四階、アンサンブルレッスン室という広い部屋に、この事件の関係者一同が集められたのは、二日後の放課後すぐだった。

「なぜ集まらなければいけないんです？　ぼくひとりでいいでしょう」

さっそくマエストロ石崎《いしざき》が他《ほか》の面々を見渡して不平を漏らす。

「どうせあの金は弦楽《げんがく》部のものだときまっているのだから――」

「石崎、まだそれ言ってるの？」ウインドオーケストラの女王・北沢《きたざわ》先輩が、石崎先輩をぎろりとにらんで言う。「てきとうな理由でっち上げてたのはとっくにばれたんでしょ」

「そちらこそ合宿の繰越金《くりこしきん》などと、証拠《しょうこ》もなしに言っていたそうじゃないですか」

「ううう……お、お互い様でしょッ」

「ということは！」エンジェリックコラールのソプラノが目を輝かせる。「私たちに回してくれるってこと？　コンサートできるの？」

「ちょっと先輩！」合唱部一年の女の子がその隣で憤慨する。「そんなこと生徒会の人は一言もいってないでしょ。だいたい同好会にお金回す理由なんてないじゃないですか。あと、あたしが呼ばれる理由もないでしょ？　なんなの？」

全員の視線が、僕に向けられる。

「と、とりあえず、落ち着いて、座ってください」

僕は両手をばたばた振って全員をなだめ、椅子《いす》にかけさせた。

キリカは部屋の隅っこ、ピアノの椅子《いす》に座って黙ってこっちを見ている。美園《みその》先輩はついてこようとしたけれど会長に止められた。孤独な戦いだ。しかたない。言い出したのは僕なのだから。

「ええと。この二十二万円の出所がわかりました」

僕は封筒をブレザーのポケットから取り出した。呼び集められた全員がざわついた。訝《いぶか》しげな表情が広がっていく。それはそうだろう、出所が判明したのなら集める理由がないはずだからだ。

「……なんの金だったんです？」

石崎《いしざき》先輩が眉《まゆ》をひそめて訊《たず》ねる。でも僕はすぐには答えない。なぜならタイミングを合わせなければいけないからだ。かわりに北沢《きたざわ》さんに目を移す。

「ウインドオーケストラの定期演奏会は十二月二十三日、午前十一時からですよね」

「そうだけど」

「で、同じ市民会館大《だい》ホールで、弦楽《げんがく》部の定期演奏会が午後三時から」

「石崎が嫌がらせでかぶせてきたの！」

「このあたりで音響のまともなホールはあそこしかありませんし、二学期の終わりの祝日ともなればかぶるのが当たり前です。妨害目的みたいに言われても困る」

「ちょっとちょっと、なんの話？」エンジェリックコラールの人が唇をとがらせる。「私たちには関係ないでしょう、その話」

ところが関係あるのだ。いや、これから関係させてしまうのだ。僕は唇を湿らせた。

「石崎先輩、今年の演奏会の会場予約は去年のうちに顧問に頼んだんですよね？」

「そうですよ。あそこは一年前から予約でいっぱいですからね」

「北沢さんも」

「ええ。それが」

北沢先輩、マエストロ石崎、二人の顔が同時にこわばる。気づいたのだ。

「そうです。犯人は顧問の東 村《ひがしむら》先生です」

「……え、え、えっ？　犯人？　犯人ってなに」合唱部の娘《こ》が目を白黒させる。

「ああ、ごめんなさい、なんかノリで言っちゃって。つまり、東村先生が弦楽部とウイオケの両方の会場予約を任されたわけですが、実際の予約内容はこうなんです」

僕は、二日前にキリカと一緒に市役所に確認をとって再発行してもらった書類を全員に見せた。市民会館大《だい》ホールの予約詳細が記された利用者控えだ。

12月23日　大《だい》ホール　全日　白樹台《はくじゅだい》学園フィルハーモニー管弦楽《かんげんがく》団

そう書かれている。

「全日……」

マエストロがつぶやく。

「そうです。ウイオケが午前中、弦楽部が午後を予約するはずだったんですよね。ところが全日予約すると、午前と午後を別に借りるよりも安くなるんです——二十二万円もね」

おそらく、一度は午前と午後で別々に予約したのだろう。そうでないと生徒会会計をだますための領収書が入手できない。その後、取り消して予約しなおしたのだ。

大きく息を吐き出す音が聞こえた。エンジェリックコラールさんだ。あっけない真相が明らかになって、しかも自分たちにお金が回ってきそうにないとわかって、落胆しているのだろう。でも、話はこれからだ。

「……なんで。なんで？　なんで東村《ひがしむら》先生がそんなこと」

北沢《きたざわ》先輩がつぶやく。マエストロ石崎《いしざき》もなにか言おうと口を開きかけた。そのとき、背後のドアにノックの音がした。

「すんませーん、こちらでいいんですかー？」

のんびりした声とともに、巨大な段《だん》ボール箱を抱えた男性が入ってきた。青い作業着に同じ色の帽子。配送業者の人だ。

「アンサンブルレッスン室、って、ここですよね。お届けにあがりましたあ」

「あ、はい、ごくろうさまです」

僕が封筒を業者に渡すと、先輩たちは椅子《いす》から跳び上がった。

「えっ、なっ」「ど、どういうことッ？」

「お疲れ様でした！」僕はあわてて業者の人を廊下に逃がしてドアを閉めた。

「どういうこと今の、な、なんでお金渡してッ」

「なんなんですその箱！」

「だ、だから、東村先生は、浮かせたお金でこれを買ったんですよ。みなさんへのプレゼントなんです」

「……プレゼント……？」

石崎《いしざき》先輩は段《だん》ボール箱の前に立ち尽くして、『東村《ひがしむら》』という贈り主の名前を凝視《ぎょうし》している。その隣の北沢《きたざわ》先輩も同じだ。僕はしかたなく、自分で箱のガムテープをはがす。中にぎっしりと詰まっていたのは――

「……総譜《スコア》？」石崎先輩がつぶやいた。僕はうなずき、一冊を取り出して彼に渡す。もう一冊は北沢先輩の手に押しつける。

表紙にはこう記されている。

Beethoven Symphony No.9 "Choral"

あとの二人も、まったくわけがわからないといった顔で歩み寄ってきて、箱をのぞき込む。その目が見開かれる。音楽をやっている人間で、まさかこの曲を知らない人はいないだろう。ルートヴィヒ・ヴァン・ベートーヴェン作品125、交響曲第九番ニ短調《たんちょう》。要するに、『第九《だいく》』だ。

最初に目を上げて僕の顔を見たのはマエストロ石崎だった。だから僕はなんとか言葉を押し出すことができた。

「東村先生は、白樹台《はくじゅだい》のオーケストラが分裂しちゃったのをずっと哀《かな》しんでたんです。たぶん。それで、先輩たち両方から会場予約を頼まれたときに、これを考えついたんだと思います。一つの楽団として、白樹台《はくじゅだい》フィルハーモニーとして、会場を全日予約しちゃう。それから、『第九』です」

ベートーヴェンの第九は、フルメンバーの管弦楽《かんげんがく》団に加えて独唱者四人と合唱団まで必要な大規模交響曲だ。弦楽部だけじゃできない。ウイオケだけでもできない。

「……な、なにそんな、勝手なっ、そんなこと頼んでないのに！」

北沢先輩が気色《けしき》ばむ。でも、僕は手応《てごた》えを感じていた。マエストロ石崎は楽譜を握りしめたまま動かなかったし、その背後でソプラノ歌手が顔を輝かせていたからだ。

「……ね、ねえ、ねえ、これってひょっとして私たちに出番が」

隣で合唱部の娘が口《こ》を歪《ゆが》める。

「まさか合唱部に参加しろってことじゃないですよね」

「市民会館の大《だい》ホールで第九演《や》れるのに、文句あるの？」

「決まったみたいに言わないでください！　私たちだって自分の定期演奏会があるんですから！」

「でも第九なら授業でやったでしょ」「そうですけどっ」

「なに二人して勝手なこと言ってるの、ウイオケの問題なんだから部外者で盛り上がらないでよ！」

「おやおや。ウイオケの問題ではないでしょう。白樹台フィルの問題、いや、まずはタクトを振るこのマエストロの問題」

「あんたちょっと頭冷やしなさいよっ」

僕はキリカに目配せした。二人でそうっとアンサンブルレッスン室を抜け出す。静かな音楽科棟の廊下に出ると、キリカは腕章《わんしょう》マフラーの下でぼそりとつぶやいた。

「……詐欺《さぎ》師」

僕は首をすくめる。

でも、まだ終わりじゃない。ここから先は探偵の仕事だ。

僕らは廊下を渡って、個人用のピアノ練習室のドアをノックした。


「――どう？　うまくいったの？」

中から顔を出したのは春川《はるかわ》先生だ。僕はうなずいて、「話は中で」と言って先生を室内に押し込む。キリカが続いて入ってきてドアを閉めた。

「それでけっきょく、どういうことになったの？」

ピアノの椅子《いす》に腰掛けて僕の顔を下から不安そうにのぞき込んでくる春川先生に、最初から説明した。

「そう。よかった……先生の顔はほころぶ。あとはちゃんと話し合ってくれれば」

「犯人はあなた」

なんの前置きもなくキリカがいきなり言った。春川先生の肩がびくっと震《ふる》えた。

こいつ、ひょっとして探偵に向いてないんじゃないか。僕は、キリカの灰色の髪に縁取られた無表情を見つめながらそんなことを思う。あまりにも言葉を飾らなさすぎる。

「……え？　な、なに言って」

「東村《ひがしむら》先生じゃない。会場予約をいじくった犯人はあなた」

春川先生は絶句する。

「東村先生は、石崎《いしざき》と北沢《きたざわ》に言われた通り、午前と午後に分けて大《だい》ホールを予約した。でも、新しく赴任《ふにん》してきたあなたは、二つの部の定期演奏会が同日同会場なのに気づいて、予約を全日で取り直した。ちがう？」

先生はピアノのふたに視線を落とした。キリカは無慈悲に言葉を続ける。

「証拠《しょうこ》は、あの封筒。あれはあなたが監査委員会からもらってきたもの。あの二十二万円が部費関係だと思わせるために、どうしても生徒会の封筒が必要だったんでしょう。それで監査に頼んで一枚もらった。でも、あの封筒には日付入り判子の跡がついてた」

「……判子？」

春川先生が弱々しくつぶやく。

「あの封筒は、少なくとも今年の四月の時点で監査委員会に存在していたということ。だから東村《ひがしむら》先生の犯行ではあり得ない」

「あ……」春川《はるかわ》先生は口元を手で覆った。

そもそもこの事件には前提段階で奇妙な点があった。なぜ二十二万円を今になって春川先生が発見できたのか、ということだ。

キリカはそこを偶然で片付けなかった。答えは簡単、犯人だったからだ。この人は、自分で会場を予約し直して、浮いたお金を「音楽資料室から見つかった」と言って執行部に持ってきたのだ。

なぜ、そんなことをしたのか。

「……なんとか。なんとかしてくれるかな、って。生徒会なら」

春川先生は萎《しお》れきった声で言う。

「教育実習で来てたときから、石崎《いしざき》くんは才能あるのわかってたし、フルオケで振りたがってるのもわかったし。赴任《ふにん》してきて、弦楽《げんがく》部とウイオケが仲悪いの知って、なにかできないかなって。でも実際にあんな大金が浮いちゃったから、恐《こわ》くなって、隠そうかとも思ったんだけど、ここの生徒会なら、なんとかしてくれるって思って、ほんとに、ごめんなさい。ごめんなさい」

僕は嘆息する。無茶《むちゃ》言うなよ、と文句をぶつけてやりたかったけれど、たった今なんとかしてしまったところなのだ。

でも、先生。これで終わりじゃないんですよ。先生にもまだまだやってもらうことがあるんです。僕はピアノの足下に膝《ひざ》をついて、うなだれる先生と目の高さを合わせる。先生が僕を見た。僕はその手に、封筒を握らせた。

「え……？」

先生は、封筒にぎっしり詰まった札を見て息を呑《の》む。

「これ、な、なに」

「だから、先生が浮かせた二十二万円ですよ」

「だ、だって楽譜買って」

「音楽科のある学校ですよ？　第九の総譜《スコア》くらいいくらでもあるにきまってるじゃないですか。あれはもともとうちの資料室に死蔵されてた楽譜です。僕が東村先生の名前使って教室宛《あ》てに宅配便で出しただけですよ。だいたい楽譜だけであんな値段しませんよ」

さすがに先生も口を半開きにして固まる。僕がさっき配送業者の人に渡したのは空っぽの封筒である。業者の人もなにを受け取ったのかよくわかっていなかっただろう。ゴミでも押しつけられたと思っていたかもしれない。

「そもそも、生徒会は会計のつじつまがあえばなんでもいいんです。だから、会場を全日で予約して二十二万円が浮いたことと、その金額で楽譜を買ったことは会計報告に書いちゃいます。領収書はなんとかします。あとはこの、実際に余っちゃったお金なんですけど、もともと先生のせいなんだから、先生が遣《つか》ってください」

「遣って、って」

戸惑いを瞳《ひとみ》いっぱいにためた春川《はるかわ》先生に、僕はなるたけ優しい声で言う。

「白樹台《はくじゅだい》フィルハーモニーの、めでたい復活記念コンサートのチケットを、いっぱい買って音大関係者に配るとかどうでしょう」


ピアノ練習室を出た直後、キリカの声がもう一度背中に刺さった。

「……詐欺師《さぎし》」

悪かったな！　丸く収まったからいいだろ！

＊

「郁乃《いくの》があっさり吐いたよ」

翌日の放課後、めずらしくいちばん先に生徒会室に来ていた会長が教えてくれた。

「あの金の噂《うわさ》、音楽科にそれとなくばらまいたのは、やっぱり監査だった」

「あー……」

なるほど。郁乃さんの仕業《しわざ》か。それでだいたい腑《ふ》に落ちる。

郁乃さんは、送金用の封筒をもらいにきた春川先生の行動を怪しんで、おそらく尾行しやがったのだ。春川先生が生徒会室にきたとき、僕とキリカは廊下で応対しちゃったから、それでことの次第がほとんど立ち聞きされていたんだろう。

そしてあのキツネ女、弦楽《げんがく》部だのウイオケだのに余剰金発見の情報を流した。

「総務を引っかき回してボロを出させようって腹づもりだったんだろうけれど、あいにくとうちには優秀な探偵と優秀な詐欺師がいるからね」

「会長まで詐欺師って呼ぶのやめてください……」

「腕章《わんしょう》まで作ったのに？」

投げつけられた紺色の腕章には『総務執行部　詐欺師』と刺繍《ししゅう》してあって、僕は憤慨して投げ返した。

「どんだけひまなんだよ！　総務の評判が落ちるでしょ！　庶務《しょむ》でいいです！」

「ふうん？　庶務でいいんだ」

会長は執務机の椅子《いす》に深く身を沈め、すらりと長い脚を組み、満足そうに微笑《ほほえ》む。

「きみはこれからも庶務でいてくれるんだね？　放課後はこうしていそいそと生徒会室に来てくれるわけだね」

「ええ、まあ……」

「これからも、エジプトの女官みたいにあたしの昼寝中に巨大な団扇《うちわ》であおいでくれるんだね」これまでもしてきたみたいに言うんじゃねえ。

会長はくつくつ笑って、自分の髪をすくい上げ、手からこぼして落とす。

「いい表情になってきたじゃないか。郁乃《いくの》との関係を見抜かれたときには塩漬けの小茄子《こなす》みたいにうろたえていたのに」

「あー……あのときは、ええと」僕は頭を掻《か》く。「会長に信用されてないんじゃないかと思って」

「うん？　きみの言っているような意味では、きみを信じていないよ」

僕はぎょっとして鞄《かばん》を落っことしそうになる。足下に寄ってきたウサギがびっくりして跳び退く。

「言っただろう。あたしの問題だって。あたしが信じてるのは、きみを総務に引き入れたあたし自身の正しさだよ。きみじゃない」

僕は嘆息して、キチネットに向かった。

救いはやはり美園《みその》先輩だ。十五分くらい後でやってきた彼女はグッドニュースを携えていた。

「十二月二十三日の『第九』、決まったそうです。もうビラも作り始めたとか」

「ほんとですか。よかった」

「春川《はるかわ》先生が、ウイオケも合唱部も説得してくれたみたいで」

それならきっと、いつか弦楽《げんがく》部とウイオケが合併して白樹台《はくじゅだい》フィルが復活したとき、顧問は春川先生ということになるのかな。

「それにしても、さすがひかげさんです。逢《あ》ったこともない東村《ひがしむら》先生の名前を騙《かた》って弦楽部とウイオケをまとめちゃうなんて！」

なんかほめられているようには聞こえないんだけど……。

「しかも第九だよ。大したものだね。普通思いつかないよ」

愉快そうに会長が言った。

「オーケストラと合唱と独唱がすべて必要な第九だからこそ、事情を知られてしまった関係者全員を巻き込んでコンサートに参加させ、いわば口封じができたわけだ。しかもすべて東村先生の発案であるかのような顔をしてね。こんな狡猾《こうかつ》なやり方、チェーザレ・ボルジアだって思いつかない」

頼むからもうそっとしといてくれ……。

「だ、だいじょうぶですよひかげさんっ」

美園先輩が僕の手首をぎゅっと握りしめる。

「ひかげさんが逮捕されても毎日面会にいきますから！　ずっと独身で待ってますから」

意味わからんわ。

とどめはキリカだった。会計室の扉が細く開き、灰色の髪がほんの少しのぞき、細い手が隙間《すきま》から出てきて僕を手招きする。

……え、僕？

おそるおそる会計室に入る。実はあの日からキリカとちゃんと話していなかったので、なにを言われるのか恐《こわ》かった。独断専行でずいぶんなことをしてしまったし。膝《ひざ》を立てて椅子《いす》に深く沈み込んだキリカは、しばらくじっと沈黙していて、ＰＣのファンの音だけが会計室に充満していた。モニタでは株価変動を示すチャートが躍《おど》っている。

「ええと」

静けさに耐えかねて僕は口を開いた。

「怒ってる？」

「怒ってない。どうして」

「いや、僕、勝手にあんなことしちゃって」

「探偵は真相を探すのが仕事。会計は帳簿をあわせるのが仕事。あなたはどっちも邪魔してないから、べつにどうでもいい」

その言い方は、それはそれでちょっと傷つくのだけれど、キリカはちょっとだけ椅子を回して僕の顔に視線を留《と》め、こうつけくわえた。

「それに、わたしにはあんなことはできないから」

それは、いい意味？　悪い意味？　と僕が訊《たず》ねる間もなかった。キリカは株価チャートの隣のモニタを指さした。

「それよりも、これ」

表示されているのはネットのニュース記事だった。どこぞの企業が始めた新しい資産運用サービスの話題だ。

「これがどうしたの。始めるの？」

「検討してる。でもこれ、詐欺《さぎ》のような気もしてる。あなたならわかるでしょ」

「だから詐欺師じゃねえっての！」そんなののために呼んだのかよ！

そのとき、ちょうどウサギがドアの隙間から忍び込んできたので、僕はこれ幸いと灰色の毛玉を抱き上げて会計室を出た。もう少しましなことで頼りにされたい――と思うこと自体は、小さな前進だったかもしれない。

5

編入生である僕は、六月頭の生徒総会に向けて、なぜこんなにも学園じゅうが盛り上がっているのか理解できなかった。なにせどの部活もコスプレ衣装をそろえたりダンスの練習をしたりして出し物に備えているし、委員会によっては活動内容紹介のショートムービーまで作っているのである。

「……生徒総会だよね？　文化祭とかじゃないよね？」

なにげなくクラスメイトに訊《き》いてみたら、あきれた視線が返ってきた。

「牧村《まきむら》おまえ、生徒会のメンバーなのになんにも知らないのか」

僕は縮こまる。

「どうせ、ウサギの世話しかやらされてないんだろ」「聖橋《ひじりばし》も一度も教室に連れてこねえしな」「副会長の着替え写真も撮ってこねえしな……」それ僕の仕事なのっ？

「あのね牧村くん」

クラス委員の葉山《はやま》さんが、見かねて優しく教えてくれた。

「白樹台《はくじゅだい》の生徒総会は、なんていうか、お祭りなの。部活は予算案に質問するふりしてパフォーマンスして部員募集するし、委員会も存在意義アピールして来年の予算増やしてもらおうって必死にPRするわけ」

「はあ……」あらためて変な学校である。「昔からそうなの？」

「俺《おれ》たちが入学した年から、だんだんノリがきつくなったって先輩言ってたな」

「まわりが凝ったことやるから、自分たちだけ地味にできない、みたいな雰囲気で」

入学した年、というのはもちろん中等部に、という意味で、つまり三年前だ。

それって——天王寺狐徹《てんのうじこてつ》が生徒会長に就任してから、ということにならないか？

「あ、そうそう」と葉山《はやま》さんが答える。「天王寺会長がやり始めたんだって。あたしたちが中一のとき、総務執行部のプロモビデオ見せられたよ。特撮《とくさつ》ばりばりだった」

やはり犯人はあの女か。

「なんでそんなこと始めたんだろうね」となにげなく訊《き》いてみる。葉山さんはじめ、クラスメイトたちはみんな首を傾《かし》げた。

「会長の考えてることなんてだれにもわからないよ」

　その答えを教えてくれたのは実に意外な人物だった。五月半ばの水曜日放課後、僕が荷物を置きにいったん寮に戻ると、ロビーのソファで待っている人物がいた。彼女が僕に気づいて立ち上がり、振り向く。つややかな長い黒髪が肩から流れ落ちる。僕は思わずそのまま後ずさって中庭の方に逃げようかと思ってしまう。

　中央議会の議長、朱鷺子《ときこ》さんだった。

「待ってたわ。ごたごたのせいで、返答を聞きそびれていたから」

「え、ええと、返答って？」と僕は憶《おぼ》えていないふりをした。

「憶《おぼ》えていないふりはやめて。中央議会の調査員にならないかってこと」

　僕はまたあわてて朱鷺子さんを外に連れ出した。例によって廊下に野次馬《やじうま》たちが鈴なりになって飢えた視線を注いでいたからだ。

　柔らかい葉陰に包まれた寮の壁際に朱鷺子さんを連れていくと、僕は辛抱強く言った。

「やらないって、言いませんでしたっけ」

「あなたは言ったかもしれないけど、それは私の聞きたい答えじゃないから、言っていないのと同じ」

　さすが姫君である。天王寺狐徹《てんのうじこてつ》が可愛《かわい》く思えてきた。

「弦楽《げんがく》部とウインドオーケストラの決算に修正があったそうじゃない。その詳細も聞きたいわ、例によって総務会計は貝みたいに黙ってるから」

「キリカが言わないなら僕からも言えないですよ」

　朱鷺子姫は不機嫌そうに柳眉《りゅうび》を寄せる。

「いいの？　総会でさんざんつっこむわよ？」

その方がありがたかった。その場合、質問をあしらう役目は会長だろうから。

「というか、あなた詳しいこと知らないんでしょ、下っ端だから」

「あ、そう、そうです、そうなんです。庶務《しょむ》だし、重要な仕事はなんにも任せてもらってないですし」ここぞとばかりに僕は首が折れるほどうなずいた。情報なんてなにも持っていないと思ってもらえた方が助かる。

「でも、総会で総務執行部がどういうパフォーマンスするのかくらいは知らされてるでしょう。そちらも知りたいわ」

「いや、知らないですけど……そんなの知ってどうするんです？　あれですか、負けないように中央議会ももっと派手なパフォーマンスを」

「ば、ばか言わないで！」と朱鷺子さんは頰《ほお》を染めた。「やるわけないでしょう！　去年だって十二単《じゅうにひとえ》着せられて時代劇やらされて恥ずかしかったんだからっ」

やってんじゃん。似合うだろうなあ。じゃなくて。

「予算の無駄遣いだってつっこむためよ、きまってるでしょ。それに、あなたがもし今後も生徒会を続けてくなら、あんな変な風習はあなたの代でやめてほしいし。生徒総会をなんだと思ってるの、ほんとに狐徹《こてつ》はろくなこと考えないんだから……」

「あのう、やっぱり会長が始めたことなんですか」

訊《き》いてみると、朱鷺子《ときこ》さんは気まずそうに視線を斜め下にそらした。

「……そうよ。……狐徹《こてつ》と、私がやり始めたの」

え、え？　朱鷺子さんが？

いや、おかしなことではない。昨期まで、この人は天王寺《てんのうじ》狐徹の片翼たる生徒会総務執行部副代表だったのだから。

「中央議会をつくることまでは、私も賛成したし、なんとかついていけたけど、もう無理。あなたも狐徹の構想を知ったらあきれるわよ」

「構想？」

というか、生徒総会のお祭り化と中央議会設立ってなんか関係あんの？

「ばかばかしくて説明する気にもなれないから、本人に訊《き》いて」

朱鷺子さんはぶっきらぼうに言った。

「あなたの頭がまともなら、それでもう狐徹についていこうなんて思わなくなるはずだから、そしたら中央議会にきなさい」

さんざん勝手なことを並べ立て、朱鷺子さんは歩み去った。

生徒会室に顔を出すと、珍しく会長だけがいて、しかも昼寝せず執務机で総会のパンフレットのサンプルをチェックしていた。

「……今日は朱鷺子となんの話をしていたのかな？」

いきなりそう訊《き》かれて僕は跳び上がる。超能力者なのかこの人は。

「驚くことはないよ。朱鷺子とは同級生だから、チャイムと同時にさっさと教室を出ていって南寮の方に向かったのはチェックしている」

「はあ。ええと」

「あたしも髪を下ろした方が、きみも興奮してくれるのかな……」

「さみしそうな顔で変なこと言うのやめてください！」

ここからさらなるセクハラに発展されても困るので、僕は朱鷺子さんに言われたことをみんな正直に喋《しゃべ》った。

「ふうん？」と会長は愉快そうに腕組みする。「やっぱり、朱鷺子はさすがあたしが愛人一号に選んだだけあるな。あたしの危険性をだれより理解している。うれしいよ」

「なんですかそれ。会長の構想がどうとか言ってましたけど」

「ときに、ヒラメ」

ついに魚類に堕《お》ちてしまったのか……。訂正する気もとっくに失《う》せていた。

「なんですか」

「なんで腕章《わんしょう》を常時着用しない？」

僕は自分の左腕を見下ろし、ポケットから取り出した腕章《わんしょう》をそそくさと巻いた。

「いや、授業中も、というのはさすがに恥ずかしいですし」

「総務の一員であることがそんなに恥ずかしいの？」

「そういう意味じゃないですけど、なんとなく」

「あたしのおもちゃなのは恥じることじゃないだろう」「それは恥じることだよ！」

会長はくくっと笑って立ち上がった。

「そうだな。きみにも教えよう。あたしはきみのことがどんどん気に入ってきている。この気持ちはどうやら止められそうにない。聖橋《ひじりばし》キリカをはじめて見たときと同じだ。だからきみにも知ってもらいたい。そのうえで、あたしを選んでほしい」

僕はぽかんと口を開けたまま、会長の笑顔を見つめていた。彼女がいきなりなにを言い出したのか、よくわからなかったからだ。

「おいで、ヒラメ。見せたいものがある」

会長はそう言って、生徒会室奥の五つの扉の真ん中を手で示した。


会長室に入ったのはそのときがはじめてだった。間取りはおそらくキリカの会計室と変わらないだろう。細長い六畳ほどの広さの部屋だ。天井からつり下げられた大きなハンモックがまず目に入る。左右の壁は背の高い本棚が占めていて、雰囲気が息苦しい。

薄暗さに目が慣れてくるにつれて、ハンモックの向こう、正面奥の壁の異様さに気づく。なにか文字が壁にびっしりと書かれているのだ。

いや——壁じゃない。ほとんど壁いっぱいの大きさの、両開きの扉だ。真ん中にかみ合わせの筋が、左右に蝶番《ちょうつがい》が見える。

会長に手を引かれるまま、僕はハンモックの下をくぐって奥の扉に近づいた。文字のひとつひとつが見て取れるようになる。アルファベットだ。でも英語じゃない。知らない綴《つづ》りばかり並んでいる。じっと見つめていると文字が染み出てきて肌に粘りつくような錯覚にとらわれる。

「読める？」

会長がささやき声で訊《たず》ねた。僕は扉に視線をつなぎとめられたまま首を振る。

「だろうね。ラテン語《ご》だ」

ラテン語？

なんなんだこれは。なんでこんなものが生徒会長の私室にあるんだ？

「かつて、白樹台《はくじゅだい》学園には生徒会がなかった。今から四十数年前、ある生徒がほとんどひとりで巨大な組織をつくりあげ、権限を職員会に認めさせたんだよ。これはおそらく、その初代生徒会長が記したものだ」

「なんですか、これ」

「大憲章《マグナ・カルタ》だ」

マグナ・カルタ……

聞いたことはある。世界史の授業で出てきた気がする。なんだっけ？

「イングランドで生まれた、史上初の憲法だよ。国王ジョンに対して、各地の領主たちが徴税権や徴兵権の不可侵を約束させたものだ。国王と貴族の権益争いの果てに生まれた、民のことなどなにひとつ考慮していない法ではあるけれど、それでもこの大憲章《マグナ・カルタ》は民主主義の萌芽《ほうが》として位置づけられ、現在でも英国や米国をはじめとするコモン・ローの国々では有効な条文として生きている。なぜだかわかるかい？」

僕は扉をびっしりと覆い尽くすアルファベットの群れから目を離せないまま首を振る。なんで僕はこんな場所でこの人から歴史の授業を受けなきゃならないんだろう、という熱病みたいな疑問が頭の中を巡っている。

「なぜなら大憲章《マグナ・カルタ》こそ、人類の歴史上はじめて、支配される側が支配する側につきつけた法規だからだ。国家権力の魔物《リヴァイアサン》を理性の枷《かせ》で縛り上げる、その精神こそが近代民主主義の出発点なんだよ。だから、この扉に刻まれているんだろう」

僕はなんとか息を吐き出す。

「……いや、意味わかんないですけど。なんでここにそんなもんが書いてあるんです？」

ようやく質問を挟めた。なにか言わないと会長の語りはどんどん夢の潮流《ちょうりゅう》の中に呑《の》み込《こ》まれてしまいそうだった。

「この扉の中に、なにかしまってあるんですか」

「さあ。あたしも知らない」

知らないの？　自分の部屋なのに？

「あたしが最初に当選してこの部屋に踏み込み、これを見たとき、わかった。あたしが斃《たお》すべき敵はこれだってね」

「……敵？」

「あたしは君主制を復活させる」

東京にある我が家がむしょうに恋しくなってきた。こんな薄暗い不気味な部屋でわけのわからん女にわけのわからん演説を聴かされるくらいなら、実家に戻って両親の小言を浴びせられた方がずっとましに思えた。でも会長は言葉を続ける。

「民主主義を打倒し、再び王にすべての権利を集中させる。そのためにまず、朱鷺子《ときこ》の力を借りて中央議会をつくったんだよ」

「え、え、えっ？」思わず変な声を漏らしていた。「ちょ、ちょっと待ってください、生徒会の話だったんですか？」

「そうだよ。きみはなにを言っているの？　ずっと生徒会の話をしていたじゃないか」

「い、いや、そう……そうでしたけど」

黒死病の予感が蠢《うごめ》く中世イングランドからいきなり現代の白樹台《はくじゅだい》学園に引き戻された僕は、激しい目まいをおぼえていた。

「初代生徒会長が、生徒会を打ち立ててこの部屋を手に入れたとき、扉に封をして法文を書き込んだんだろう。自らが勝ち取った民主主義の証《あかし》としてね」

この学校の生徒会長は頭の変なロマンチストしか当選できないんだろうか。できないんだろうな。そろそろ僕も慣れなきゃ。

「あたしはその歴史を逆に回す。民権を再び王に戻すんだ。中央議会は、生徒総会の議決権を段階的に譲り渡す受け皿としてつくった。だって、なにを決めるにつけ、いちいち八千名もの生徒全員を大講堂に集めて多数決をとるなんて馬鹿《ばか》馬鹿しいだろう」

「そう、ですけど」

「あと二回の生徒総会で、すべての議決権を中央議会に委譲《いじょう》する。総会をお祭り騒ぎの場にしたのはそのためだよ。直後に中央議会で全権委任法を成立させて、生徒会長に立法権を委譲《いじょう》する。最後に、生徒会長を公選制ではなく前職の指名制にする。それで完成だ。王政復古だよ。そのときこそあたしは、くそったれな大憲章《マグナ・カルタ》をたたき壊し、この扉を開こうと思う。なにが閉じ込めてあるのか知らないけれどね。あたしの王国の夜明けにふさわしい秘密であることを祈るよ」

一瞬でも、朱鷺子《ときこ》さんより会長の方がましだなんて思ってしまった自分が恥ずかしかった。比べものにならない。この人、すがすがしいまでに頭おかしい。言ってる意味がよくわからない──いや、丁寧《ていねい》に説明してくれたから意味はわかるけど、理由がわからない。

「わからない、だろうね」

会長は舌なめずりした。

「あたしがなんでこんなことのために戦ってるのか」

「……全然わかんないですよ」

「だって王様になったらハーレムをつくれるだろう」

僕の頭の中で、ゴム鞠《まり》をフルスイングで叩《たた》いたときのような間抜けな音が響いた。あごが落ちる。

「……は、は、はーれむ？」

「そう。美しい女たちをよりどりみどり、美しい庭園に住まわせて酒の川を流し──」

僕の思考に亀裂《きれつ》が入る。ががらと崩落音が聞こえてくる。全部冗談か。ここまでの演説まるごと僕をからかってたのか！

「ここまで聞かせたら、朱鷺子も郁乃《いくの》も美園《みその》もキリカもみんな悪い冗談だと言って真面目《まじめ》にとりあってくれなくなったんだよね……」

「当たり前だよ！」

「きみは男性だから理解してくれると思ったんだけど」

「あいにくでしたね！　もっと頭のあったかい人を選んでください！」

「ただ、あたしの構想にはひとつだけ問題があってね」「ひとつだけじゃねえよ、むしろ問題点しかないよ！」「君主制となるとやはり世襲にしたいのだけれど、女同士では子供をつくれないんだ。そこで男の子も一人、総務執行部に入れることにした」

僕は口をつぐんだ。聞き間違いだと思った。会長の顔にはいつかのライオンめいた危険な笑みが浮かんでいた。

「……え、ええと？　なに言って」

「きみはあたしがなんで執行部に引き入れたか、ずっと気にしてたじゃないか」

気づくと会長は膝《ひざ》が触れあうほどの距離までにじり寄ってきていた。僕は後ずさり、ハンモックに頭をぶつけ、入り口の扉に背中を押しつけた。

「答えがわかった上に、こんなに麗《うるわ》しい狐徹《こてつ》ちゃんに迫られてるんだから、もう少し嬉《うれ》しそうな顔をしてほしいな」

頭がオーバーヒートしていて、自分でちゃんづけするなとかそういう月並みなつっこみさえ思いつかなかった。会長は目の前までやってきて、僕の頭のすぐ横に左手を突き立て、右手で僕の頰《ほお》からあごにかけてをなぞった。

「あ、あの、会長、冗談はやめて」

「冗談を言っている顔に見えるのかな？」

会長の濡《ぬ》れた瞳《ひとみ》と唇が迫ってきた。僕はさらに強く扉に背を押しつけ、会長の胸を押しのけようとした。そのとき、不意に背中を支えていた感触が消え失《う》せた。

「——うあああああっ？」

僕は仰向《あおむ》けに倒れた。というよりも押し倒された。生徒会室の毛足の長い絨毯《じゅうたん》の上だ。扉がわずかに開いていたせいで、会長が体重をかけた瞬間に僕ごとひっくり返ってしまったのだ。視界でちかちかしていた星が消えると、すぐ真上に会長の肉食獣の笑みがある。僕の顔の両脇《りょうわき》に手をついて、逃げられないように腹の上に馬乗りになっている。

「さて、どこの肉から食べようかな？」

「あ、あのっ、会長、どいてくだ——」

僕が身をよじって会長を振り落とそうとしたとき、扉の開く音がした。目を上げると、二つ隣の会計室の扉から顔を出したキリカと視線が合った。彼女の顔はみるみる赤くなり、声にならない声とボールペンが飛んできた。

「ち、ちがっ、キリカ、これはそのっ」

僕の声を断ち切るようにして会計室の扉は閉じてしまう。ようやく身体の上にのしかかっていた体重が消えた。会長が立ち上がったのだ。スカートをぽんぽんと手で払って整えた会長は、しれっとした顔で言った。

「まあ冗談なんだけれどね」

「二十秒前に言ってくださいっ！」

「もう少し早くつっこんでくれるかなと思ったのだけど。あ、この『つっこむ』は今きみが考えたようないやらしい意味ではなくてね」

「考えてねえよ、いやらしいのはあんただよ！　どんだけひとの立場を悪くすりゃ気が済むんですか、キリカにすっかり誤解されちゃったじゃないですかっ」

会長は腕組みして目玉をぐるりと巡らせる。やがてぴんと人差し指を立てて言った。

「それじゃ誤解じゃなくなるように、ほんとうに子供つくろうか」

僕はボールペンを投げつけて黙らせた。

*

姉から電話があったのは、生徒総会が一週間後に迫った水曜日の夜だった。

『やっほー、愚弟《ぐてい》お元気？』

僕はそのとき寮の自室でウサギに餌《えさ》をやっている最中だった。携帯電話を少しのあいだ顔から離して見つめてから、また耳にあてる。

「……なに？」

『あら、ご挨拶《あいさつ》。ひかげの声を聞きたくなっちゃった、って言ったら信じてくれる？』

「あのさ、僕そこそこ忙しいんだけど」

姉に対しては、ついこういう口をきいてしまうのだが、実際忙しいのはひざの上で口をもぐもぐさせているウサギであって僕ではなかった。

『こんなに久しぶりなのに！　ひかげ、夏休みは帰ってくるんでしょ？』

「いや……どうだろ」

言葉を濁《にご》しながらも、僕は胸の内では夏じゅうを寮で過ごすことをほとんど決めていた。そのために寮制の学校に入ったんだし。親か姉のどちらかならともかく、両方そろったところには居合わせたくなかった。姉には早くもあっちこっちから留学のお誘いがきていて、父も母も得意がっているという。僕抜きでいくらでもお祝いしてればいい。

『愛するお姉様に逢《あ》いたくないわけ？』

「愛するお姉様って人が実在するなら逢ってみたいけどね」

『あはは。あいかわらず口が減らないなあ。学校で彼女でもできたの？　それで夏休みずっとそっちで』

「ちがうよ」世話しなきゃいけないやつは今ひざの上にいるけどね。

『その彼女、なんて名前？　聖橋《ひじりばし》さんて娘かな？』

僕は息のかたまりを吐き出すと、ウサギをそっと床に置いて椅子《いす》から立った。

「……なんで知ってんの？　あ、ああ、いや、キリカとはべつになんでもないよそういう意味じゃないよ？　でも、なんでキリカのこと知ってんの」

『実はいきなり電話したのはその件なんだけどね。可愛《かわい》い愚弟《ぐてい》はあんまりお姉様とお話したくないみたいだから、さっさと本題に入っちゃうね』

　どういうこと？　なんで姉がキリカの話を？

『うちの大学のオーナーが聖橋さんていう社長さんで、今日講演だったの。で、講演の後、個人的に話があるって呼び出されて、ひかげのことを根掘り葉掘り訊《き》かれたわけ』

「はあ」

　いまいち話が見えない。聖橋ってことはその社長はキリカの親か？　あいつ、社長令嬢だったのか。でも、なんで僕の話を聞きたがるんだ？

『その、キリカちゃん？　だったっけ？　ひかげとだいぶ親しいんでしょ？　それで聖橋さんが心配になったらしいの。娘に近づく男がどんなやつなのかって』

　僕は髪の毛をかき混ぜて、椅子に乱暴に腰を落とした。なんだそりゃ。その微妙に歪《ゆが》んだ情報はどこをどうやって聖橋氏に伝わったんだよ。

「ずいぶん遠回りなことする人だね。わざわざ姉貴に——」

『そのうちひかげにも直接逢いにいくって言ってた』

「え……」

正直かんべんしてほしかった。キリカの親なんてべつに逢《あ》いたくないよ。そもそも親しくしてるわけじゃなくて、同じ組織にいるだけだし。

『キリカちゃんと仲いいんでしょ？』

「いやべつに」

『あれ？　でも一緒に生徒会やってるんでしょ』

「うん」

『もう少しフレンドリーに接したいって思ってるんでしょ？』

「ううん……そりゃまあ、少しは打ち解《と》けたいけど。あそこまで無愛想だと仕事一緒にやりづらいしさ」

姉は電話の向こうでくくくっと笑った。

『お姉ちゃんは嬉《うれ》しいよ、ひかげ』

「なにが」

この人の考えていることはあいかわらずさっぱりわからない。

『ひかげが学校で仲良くしてる人の話なんてしてくれたの、はじめてだよ？』

「ンなわけないだろ、前にも——」

言いかけて、僕は口をつぐむ。足下で満腹になったらしきウサギが僕を不思議そうに見上げている。

姉の言うとおりだった。はじめてだ。

＊

襲来は翌日だった。ホームルームが終わってすぐに、担任の千早《ちはや》先生が僕のところにやってきて、隣の空席――キリカの机だ――にちらと目を走らせてから言った。

「園長室にすぐいけ」

「……園長室？」

「おまえに客が来てる。早くいけ」

高校時代確実にヤンキー女だったであろう千早先生の視線は白衣のせいで怖さ四割増しなので、僕はあわてて鞄《かばん》を取り上げて教室を逃げ出した。

「牧村《まきむら》くん牧村くんっ！」

すぐに女の子の声が追いかけてくる。振り向くと、クラス委員の葉山《はやま》さんだ。

「園長室わかるの？」

「あー……そういえばわからない」園長って学園長のことだよね？

「案内するよ、すっごく遠いから」

葉山さんは僕の手を引いて校舎を出ると、清掃作業員のカートをヒッチハイクして学園の北西区画に向かった。ほんとんでもない学校である。どういうことだ校内でヒッチハイクって。

「園長先生は学校の仕事はあんまりなくて、お客さんと逢《あ》ってばっかりだから、いちばん新しくてきれいなオフィス棟にいるの。ほら、あれ」

葉山《はやま》さんがカートから身を乗り出して指さした先、晴天に屹立《きつりつ》する六階建てのビルが見えた。デザイナーズマンションかテレビ局《きょく》かという、曲面を多用したつくりのガラス張りのきれいな建物だ。

「じゃ、じゃあ牧村《まきむら》くん、よくわからないけどがんばって！」

葉山さんの声に背中を押されて、僕はオフィス棟のエントランスに足を踏み入れた。

学園長の顔は一度も見たことがなかったけれど、園長室のドアを開けて「ああ牧村君、いらっしゃいいらっしゃい」と招き入れてくれたおっさんが園長なのは雰囲気ですぐにわかった。髪は頭頂部がだいぶ薄く、肥満体のせいでスーツははち切れそうだった。

「隣でね、聖橋《ひじりばし》さんがお待ちですからね」

園長室の奥、隣の応接間につながるドアへと促される。

……聖橋？　って、まさか。

「用件はね、私もよくわからないんですよ。聖橋さんから直接きいてください。とにかく、失礼のないようにね、我が校の理事ですからね」

失礼します、と園長先生は応接間の扉を開いて僕を中に押し込んだ。

向かい側の壁ほとんどを占める巨大な水槽がまず目に入った。まるまると肥えたアロワナが何匹も、水の中で身をくゆらせている。黒い革張りのソファーに囲まれた重たそうなセンターテーブルには、お茶を入れたグラスが二つ。

客は二人だった。一人は、ソファの後ろに立って控えている女性。眼鏡《めがね》もぱりっとした藤色《ふじいろ》のパンツスーツもアップにまとめた髪もいかにも秘書っぽい。もう一人は、水槽の前に立ってこちらに背を向けているダークスーツ姿の男性。

「お待たせしました聖橋さん」

園長先生が言うと、男が振り向いた。

時代劇でお奉行様の役でもやってそうな、目鼻立ちのはっきりした男性だった。

「こちら聖橋章吾《しょうご》さんだ。生徒会の聖橋キリカさん、あの人のお父様だよ」

園長先生が紹介してくれる。次に聖橋章吾に向き直って僕を手で示し、「牧村ひかげ君です、生徒会で——」と言いかけたとき、聖橋章吾が手を持ち上げて遮《さえぎ》った。

「君がキリカの隣の席なのか」

「……はあ。そうです。……教室には一度も顔を出してませんけど」

「生徒会室でも一緒なのか！」

「え、ええ」

「毎日かッ」なんでこの人こんなに興奮してんの？

「まあ、ほぼ毎日ですけど」

「私だって六歳のときから風呂《ふろ》を別々にされたのに君は毎日一緒なのかッ」いったいなんの話だよ？　聖橋章吾《ひじりばししょうご》がソファを踏み越えて詰め寄ってきたので僕はぎょっとして後ずさる。そのとき、少し離れたところに控えていた秘書さんがさっと近づいてきて、ポケットから取り出した注射器を聖橋章吾の首に突き立てた。

……って、おい。

「ご安心ください」と秘書さんは冷ややかに言った。「よくあることです。一日に五回は精神安定剤を投薬しております」

よくあるのかよ。全然安心じゃねえよ。病院入れとけよ。

「……ふぅ。手間をかけさせるな柳原《やなはら》くん」

いきなり落ち着きを取り戻した聖橋章吾は、秘書さんにそう言って、ソファに腰を下ろした。

「かけたまえ」

聖橋章吾は、テーブルを挟んで正面のソファをあごでしゃくった。どうやら僕に言ったらしい。園長先生が僕の背中を押した。僕はしかたなく腰を下ろし、上目遣《うわめづか》いでそっと、キリカの父親だというその男の顔をうかがう。

「君も知っての通り——」

聖橋章吾は重苦しい口調で言った。

「キリカはとても可愛《かわい》い」

いきなりなにを言い出すんですかこのおっさんは？

「産まれる前の受精卵の段階からすでに可愛かったが」「社長、気持ち悪いです。そういうことを面と向かって言われるからお嬢様に嫌われるのです」だよね……。「黙りたまえ柳原くん。君も見ていただろう、キリカは成長するごとにますます可愛くなっていって、小学校に入るころにはもうどうしようかと」「あんたの頭をまずどうにかしろよ」「牧村《まきむら》君、だめだよだめですよ気軽につっこみを入れちゃあ、我が校の理事なんだから」園長先生が右手のソファの上でうろたえる。僕もちょっと反省。つい脊髄《せきずい》反射で。

幸いなことに聖橋章吾氏は僕のまわりになぜかよく集まる多くの人々と同じく他人の話を聞かないタイプであったらしく、かまわず熱い弁舌を続けた。

「キリカがどれくらい可愛いかというと、三歳の誕生パーティは明治記念館で、四歳のときは武道館で、五歳のときは東京ドームでやったら四歳のときから口をきいてくれなくなったくらい可愛い」当たり前だ。あと微妙に意味わからん。「それなのに、私が何年かヨーロッパを回って帰ってきたらキリカは共学校に入っていた。私は驚愕《きょうがく》した！」

秘書さんは注射器を再び章吾《しょうご》氏の首筋に突き立てた。

「ご安心ください」と秘書さんは冷ややかに言った。「よくあることです。一日に五回はつまらない駄洒落《だじゃれ》を言わなくなる薬を投薬しております」

駄洒落だったんだ。ていうか駄洒落でも薬打つんだ。帰りたくなってきた……。

「……ふぅ。手間をかけさせるな柳原《やなはら》くん」

章吾《しょうご》氏はソファに座り直した。

「さて、本題に入ろう」

彼の目がすうっと細められる。

「キリカは私のものだ。いずれパパのお嫁さんになるのだ。近づかないでもらおう。君のお姉さんなどにリサーチしたが、どうやらここの生徒会は女性ばかり、男は君だけのようだからな。いいね？　今後キリカの半径二万キロ以内には近づくな」

「はあ」地球から出ちゃうじゃん。そんなこと言うためにわざわざ姉に僕の話聞いた上で乗り込んできて呼び出したわけ？　馬鹿馬鹿《ばかばか》しさで禿《は》げてしまいそうだった。

「それは僕の問題じゃなくて、あなたがた親子の問題ですよね。僕の知ったことじゃないです」

思わず、正直な思いがするっと口から滑り出てしまった。後悔は、そのときは少しだけだった。章吾氏は目を見開き、秘書さんはなぜかわずかな笑みを口元に浮かべた。おたおたしているのは園長先生だけだった。

「僕があなたの言うことを聞かなきゃいけない理由もとくにないですよね」僕だって酸素呼吸しないと生きていけないから地球で暮らしたいんですよ。

「理由、理由だと！　理由はあるッ」

章吾氏は顔を真っ赤にして声を張り上げた。

「私は金を持っているッ！　君の年収はいくらだねッ」ゼロだよ。見ればわかるだろ、高校生なんだから。「金、金、金だ、金を稼げるかどうかがすべてだ、金を稼げるなら人間として認めてやる、稼げない人間は私の言うとおりにしなけりゃいけないのだ、わかったなッ」

僕は啞然《あぜん》とするばかりだった。それからふと、キリカと話したことを思い出す。口座が開設できるようになったら、すぐに本物の株取引を始める、と。高校を出て独り立ちできるかどうか、なんて話もした。

あれは、この父親に育てられたから出てきた考えなんだろうか。

憤慨した章吾氏が園長室を出ていってしまった後で、秘書さんが寄ってきて言った。

「お見事でした」

「……え？　な、なにがですか」

「さきほどのお返事です。親子の問題だと。あれは、今朝わたくしが出発前に社長に申し上げたご忠告とまったく同じです」

僕は目をしばたたく。当たり前のことを言っただけなのに。

「聖橋《ひじりばし》社長の秘書がつとまる者は、この柳原咲子《やなはらさきこ》をおいて他《ほか》にいないと固く信じておりましたが、牧村《まきむら》さまならばつっこみの修行を積めばあるいは」

「いやいやいやいやなに言ってんですか、初対面なのに！　変なもん押しつけようとしないでください、僕にも自分の人生があるんです！」ていうかあなた以外無理です。社会の迷惑だからあなたが一生やってください。

「秘書技術や注射技術を学びたいと決意なさったあかつきには、どうぞご連絡ください。お力添えいたします」

咲子さんは名刺《めいし》を差し出してきた。しかたなく受け取る。

「柳原くん、早くしたまえ！　これからキリカに逢《あ》いにいくんだぞ！」

廊下から章吾《しょうご》氏が怒鳴った。咲子さんは一礼して園長室を出ていった。キリカに逢《あ》いにいく、ってつまり生徒会室に乗り込むつもりなのか？　僕は、まだ口をぱくぱくさせている園長先生を放置して廊下に出た。

ところが、二人の乗ったエレベーターは僕の目の前でドアを閉じると、上に向かった。なんで上？　ビルを出て生徒会室のある中央校舎に行くんじゃないの？

その疑問は、僕がオフィス棟を出た瞬間に解《と》けた。やかましいローター音が僕の頭を薙《な》ぎ、見上げると晴天の太陽を遮《さえぎ》って大きな影が僕の頭上を追い越していくところだった。

へリだ。いくら広い学校だからって、ここから生徒会室までへリ使うのかよ？　先に行かせちゃまずい、という予感にとらわれた僕は、走り出した。

生徒会室の扉の前に着いたのは、章吾氏とほとんど同時だった。へリの着地場所を探すのに手間取っていたせいで僕が間に合ったのだ。地上を歩いていきゃいいのに、馬鹿《ばか》で助かった。

「キリカには近づくなと言ったはずだッ」

章吾氏は廊下の扉前で僕を見つけて怒鳴った。

「そんなこと言われても。僕だって生徒会の仕事があるんですよ」

「君以外は女だからまだ許すが、男はキリカに一切近づけさせな――」

口角泡を飛ばしながら章吾氏は生徒会室の扉を開いた。中の惨状を見て、言葉を途中で呑《の》み込《こ》んで固まる。

「きりちゃんかわえええええええわあ、もう少しスカート短くせえへん？」

「郁乃《いくの》、軽々しく触るな。キリカはあたしの愛人なんだぞ」

「キリカさんが恥ずかしがってます、そんなアングルで写真撮らないでください！」

会長と郁乃さんと美園《みその》先輩が、ソファの真ん中に座らせたキリカを囲んで組んずほぐれつしていた。制服姿なのは郁乃《いくの》さんだけで、執行部メンバーの三人はなぜかレースクイーンみたいな肩出しへそ出しタイトスカートのものすごいかっこうをしていたので、僕も章《しょう》吾《ご》氏のすぐ背後で口をあんぐり開けたまま硬直する。

「きりちゃん会計監査にならへん？　プール借り切って歓迎会するで。そこで撮影会しよ。その後はもちろんホテルに」

「やだ」

「郁乃さん！　私の愛するキリカさんにいやらしい目を向けないでください！　キリカさんのささやかなおっぱいは私が守るんですから！」

「ささやかじゃない……うぅ……」

「あ、ご、ごめんなさいキリカさん泣かないで」

「みそちゃん胸押しつけてたら慰《なぐさ》めるのも逆効果やで。むしろうちに押しつけてぇな」

「郁乃、とっとと出てけ。二人ともあたしが堪能するために試着させたんだから、おまえは邪魔」

「こてっちゃん独り占めする気ぃ？」

「当たり前だろ。両方ともあたしの嫁なんだぞ」

　章吾氏の耳から汽車よろしく蒸気が噴き出すのが見えた気がした。

「な、な、なんだこれはッ」

章吾氏が大股《おおまた》で生徒会室に入っていくと、女たちもようやくこちらに気づく。キリカの顔がさあっと青ざめた。

「……パパっ？」

「私のキリカになにをしているんだ君たちは！　あ、あ、愛人だの嫁だの、い、い、いったいどういうことだね！　それから君ッ！」章吾氏は郁乃さんの手からデジカメを引ったくった。「キリカがいちばん可愛《かわい》く見える角度はこうだ！　君は甘い！」

「なんで――パパが、い、いつ帰ってきたの」

「一昨日だ。どういうことだ、私がおまえのために作ったエスカレーター校に入らず、こんな共学校に勝手に入って、し、し、しかもこのようなゆり、ゆりゆりりりりり」

キリカはおびえて会計室に飛び込み、扉を叩《たた》きつけるように閉めた。章吾氏は絨毯《じゅうたん》の上を這《は》うようにして追いかけ、扉に張りつく。

「キリカ！　ゆるさん、ゆるさんぞパパはおまえがそのようなッ、出てきなさい、すぐに退学届を出してパパの学校に入って二十二歳までみっちり花嫁修業をするんだパパがその間に政治献金しまくって民法改正して実の親子でも結婚できるようにし――」

章吾氏を黙らせたのは、背後から歩み寄って注射針を首に突き立てた咲子《さきこ》さんだった。いつの間に生徒会室に入ってきたのか、気づきもしなかった。

「お騒がせいたしました」

咲子《さきこ》さんは気絶した章吾《しょうご》氏の襟《えり》をつかんでずるずる引きずって生徒会室を出ていった。呆《ほう》けた沈黙の時間がしばらく流れ、やがてだれからともなく視線を会計室の扉に注いだ。けれどその日、キリカはついに会計室から出てこなかった。

*

五月後半は予算折衝《せっしょう》と生徒総会準備で学園じゅうが沸き返る時期である。生徒会室はそのてんやわんやの渦の中心となる。

「だからあたしも昼寝する間も惜しんでこのレースクイーン衣装を用意したんだ」

会長が、自ら着用した露出度高すぎのオレンジ色《いろ》の衣装の胸に手をやって不満そうに言った。

「総会での演説はこの服装でやる。盛り上がること間違いなしだ。ついでに予算折衝もこの服でやれば、相手は胸や脚に気をとられてほいほいこっちの予算案を呑《の》むはずだ。そういう深遠な打算でデザインしたコスチュームなのに、ヒロトはなにが不満なんだ！」

「んじゃ、なんでキリカにまで着せる必要があったんですか」

僕が冷静につっこむと、会長はわざとらしく視線をそらした。

「キリカは予算折衝にも出ないし総会でも演壇には立たないんですよね？」

「だって可愛《かわい》かっただろう？　着せていじり回したくなるじゃないか」

「おかげでキリカのお父さんにいっぱい誤解されたじゃないですかっ」

「誤解なんてひとつもされてないだろう。あたしがキリカを身も心もいただいちゃいたいと考えて日々つけ狙《ねら》っているのは事実なんだから」

「なお悪いわ！」

執務机を叩《たた》いて怒鳴る。僕の声は広い生徒会室にわんわんと反響する。

キリカの父親襲来の翌日、放課後である。昨日の顛末《てんまつ》を知りたくて授業が終わってすぐに飛んできたらこの有様だ。美園《みその》先輩は予算折衝で出払っているのか、姿が見えない。

「だいたいなんですか、生徒会室周辺、女好きの女が多すぎないですか？　会長も郁《いく》乃《の》さんも、あと美園先輩もなんかそんな気があるし、比率的におかしいでしょう！」

「バイはホモを呼ぶっていうだろう？」

「いわねえよ！」二文字ちがうだけなのが腹立つわ！

「聖橋《ひじりばし》章吾氏も、民法を改正するなら同性婚と重婚を認めさせてくれないものか」

「自分でそういう国つくれよ！」

「うん、そのうちつくるよ」

僕は頭を抱えてうずくまった。そうだ、この人は「自分の王国」とか真顔で言う人だった。おそるべし天王寺《てんのうじ》狐徹《こてつ》、つっこみきれない。

「しかし、キリカの父上があんなに素敵な人物だったとは。聖橋章吾《ひじりばししょうご》の名前は知っていたけれど、インタビュー記事だけではああしたむき出しの欲望は垣間《かいま》見ることさえできないからね。もっと早く知りたかった」

「あー……有名人、なんですか？」

「プレジデントとかダイヤモンドとか読まないの？　しょっちゅう載ってるじゃないか」

総合経済誌なんて読むわけねえだろ。高校生ですよ僕は。

「それに、我が校の理事の一人だしね。出資だか寄付だか、たっぷりと金を出しているだろうから、我々生徒会とも無関係じゃない。きみも知っておくべきだったね」

「できれば未来永劫《みらいえいごう》無関係でいたいです」

「それにしても、キリカはてっきり父親が理事をやっているから我が校に入ったのだと思っていたけれど、聖橋章吾氏のあの口ぶりからすると、どうやらキリカの白樹台《はくじゅだい》入学は氏の本意ではなかったらしいし……」

「そういや娘のために学校つくった、とか言ってましたね」

そこで僕ははたと思い出す。

姉が通っている大学は、『セントブリッジ学院大学』だ。てっきりキリスト教《きょう》系の大学かと思っていたけれど、『聖橋』のことだったのだ。うわあ、なんちゅう恥ずかしい名前だ。もうそれだけでキリカが通いたくなくなる理由になるぞ。

「もし、一年先輩に天王寺狐徹《てんのうじこてつ》という強く美しく心優しい生徒会長がいると知って憧《あこが》れて入学してくれたということなら嬉《うれ》しいね」

ンなわけあるか。普段のキリカの態度見ろ、あんたに尊敬の念なんて一片も抱いていないじゃないか。

「そのへんの詳しい事情、キリカから聞いてないんですか」

「本人が言わないからね。あたしはプライヴァシは尊重するんだよ。着替えくらいしか覗《のぞ》かないよ」

僕は会長の発言をスルーして会計室の扉を見やった。

「……昨日からずっと出てこないんですか」

「そうらしい。お菓子は買ってきた？」

僕は足下の鞄《かばん》からはみ出た購買部のビニル袋に目を落とす。

「甘いのからしょっぱいのまで一通り、三日分くらい」

「よくやった。突撃」と会長は会計室を指さした。

ノックしてから二分後くらいに扉が開いた。僕があきらめてキチネットの方に戻ろうとしたときだ。灰色がかった髪と二色のリボンが扉の隙間《すきま》からのぞく。キリカはおびえた目で僕の顔をまさぐり、僕が手に提げたビニル袋に目を落とした。

「顔色悪いけど、大丈夫？　ちゃんと飯食ってないだろ？」

キリカは黙って僕の手から袋を受け取った。会話不成立か。僕が踵《きびす》を返そうとすると、袖《そで》を引っぱられた。少し驚いて振り向く。

「なに？」

部屋の奥を指さして、キリカはたどたどしく言った。

「……ゴミ。……片付けて」

僕は彼女に続いてそうっと会計室に入った。キリカはモニタに囲まれた椅子《いす》に体育座りしてまた押し黙る。机や床にはスナック菓子の空き袋が大量に散らばっていて、僕はそれを拾い集めてゴミ箱《ばこ》に押し込んだ。あとで掃除機《そうじ》をかけなきゃな、と思う。

やがて、キリカがかっぱえびせんを噛《か》む音が始まる。

「……普通の食べ物、買ってきたら食べる？」

答えはない。乾いたスナックの音だけだ。

「昔からそんなんばっか食べてんの？　病気になったりしないのかな」

ふと、咀嚼音《そしやくおん》がやむ。

「……ママがいた頃《ころ》は、ちゃんと食べてた」

僕に背を向けたまま、キリカはぼそりと言った。

「パパが雇ったお手伝いさんは、わたしを監視してるみたいに思えて、作ってくれる料理も食べる気がしなかった」

僕は黙ってゴミ袋《ぶくろ》を縛るくらいしかすることがなかった。なにも言えない。

それじゃあお母さんは今はいないってこと？　どうしたの？　離婚？　それとも、事故か病気で――

訊《き》けない。でも、キリカの、椅子越しの背中がどんどん縮んでいくようで、僕はなにか声をかけなければいけないと感じ、口を開いた。

「この学校やめさせるとか、お父さん言ってたけど。……お父さんになんにも言わずに白《はく》樹台《じゅだい》に入ったわけ？」

キリカの頭のリボンがかすかに揺れる。スナック菓子を噛《か》む音がしばらく絶える。

「あの人はずっと外国回ってて、家には帰ってなかったから。わたしは、パパがつくった変な名前の学校になんて入りたくなかったし、ママが理事をやってた白樹台の中等部に入ったの。……今は、パパが理事を引き継いでるけど」

わかったような、わからないような。どうあれキリカの母親が不在である今、あの父親が保護者だということはたしかなようだった。

「まあ、やめさせるってのが本気かどうかわかんないけど。お父さん、だいぶ興奮してたし。落ち着いたら一度キリカが逢《あ》って話してみないとね」

「やだ」

キリカがかすれた声で言った。空気に亀裂《きれつ》が入ったような気がした。僕は粟立《あわだ》った二の腕をこすって寒気をぬぐい落とした。

「やだ、って、だってキリカのこれからのことだろ、ちゃんと話し合わないと」

「やだ」

今度はキリカははっきりと首を振った。肩が震《ふる》えているのがわかる。

「恐《こわ》い」

恐い？　お父さんが？

「見たくない。声も聞きたくない」

キリカは自分の腕をつかみ、きつく指を食い込ませて、何度も首を振った。こんなにおびえたキリカを見るのははじめてだった。いつもウサギっぽいやつで、しじゅうなにかにびくついているような面はたしかにあったけれど、ここまで恐怖をあらわにしたことはなかったはずだ。

「一生、ほっといてくれればいいのに。なんで戻ってきたの……」

キリカのか細い声は、再び菓子を噛《か》む音にまぎれてしまう。

＊

次の日も章吾《しょうご》氏は学園にやってきた。ヘリで、だ。

生徒会室の窓のすぐ外にホバリングさせ、開いたハッチから身を乗り出し、ハンドマイク片手に章吾氏は怒鳴った。

「キリカ、出てきてパパの言うことを聞きなさい！　すぐに退学手続きをするんだ、パパのつくった学校のいちばん綺麗《きれい》な校舎におまえの名前をつけてあるからな！」

墜落すればいいのに、と僕は一瞬思ったが、どうやら操縦しているのは咲子《さきこ》さんらしいのでその呪《のろ》いをすぐに振り払って打ち消した。

「キリカ！　愛するパパだぞ、学校にはおまえを撮影する専用のスタジオも用意してあるんだからな、早く出てきなさい！」

僕は会計室のドアの隙間《すきま》からちらと様子をうかがった。キリカは椅子《いす》の上に体育座りしてなにかの絵本を抱きしめて首を振り続けていた。

「キリカ。どうする？」

背後に寄ってきた会長が、僕の肩越しにドアの奥に向かって訊《たず》ねた。

「きみの意思が聞きたい。父君はあんなことを言っているが、どうする？」

キリカは首を振るばかりだった。会長は僕を押しのけて会計室に踏み込むと、ドアを閉めた。続いてドア越しに聞こえてきたのは、キリカの悶《もだ》え声だ。

「……ゃぁっ、やめ、……狐徹《こてつ》、……あ、ゃん」

「ほらほら、ちゃんと答えないと口じゃないところに言わせるよ」

おいてめえなにやってんだ！

僕がたまりかねてノブを回そうとしたとき、ドアは向こうから開いて僕の鼻面にぶつかった。やけにつやつやした顔の会長が出てきて、顔面を押さえて絨毯《じゅうたん》にうずくまる僕を不思議そうに見下ろす。

「ヒロキ、なにをしてるの？」「あんたこそキリカになにしてっ」「身体に訊《き》いてきた。転校の意思はないそうだよ。さて、章吾《しょうご》氏に伝えてくるかな」

会長は、ヘリのローター音と章吾氏の怒鳴り声とでびりびり震《ふる》えるガラス窓に歩み寄ると、いっぱいに開け放った。激しい風が吹き込んできてカーテンがちぎれそうなくらい膨らむ。すぐ外に灰色の機体の側面が見えた。会長が窓枠に足をかけた。二つに束ねた黒髪が逆風の中で踊る。

止める間もなかった。会長は窓枠を蹴《け》って宙に舞った。

僕は口をあんぐりと開けたまま、窓の前に突っ立ち、会長がヘリのランディングギアをよじ登って機内に入り、聖橋《ひじりばし》章吾の襟《えり》首をつかんでなにやら激しく言葉を浴びせる様子を見つめていた。彼女が話し合いを終えて再び虚空《こくう》を跳躍《ちょうやく》し、生徒会室内に戻ってきても、まだ呆《ほう》けたままだった。ヘリが上昇し、窓が会長の手によって閉められ、真正面から叩《たた》きつけていた風が消えて、ようやく僕は我に返る。

「……あ、あんた、なんちゅう無茶《むちゃ》を」

「ん？　平気だよ、あの男は自分の娘にしか興味がないから、こんなに麗《うるわ》しいあたしが至近距離に迫ってスキンシップまがいのことをしても手を出したりはしない」いやそういうことじゃなくて。「キリカの意思を伝えても聞き入れなかったので、カナダに実の娘と法的に結婚できる州があると嘘《うそ》を教えたら、文字通り飛んでいってくれた。しばらく時間が稼げる」

もうあらゆる面であきれてものも言えない。しかし会長が言った通り、時間稼ぎにしかなっていないだろう。僕は会計室の扉を見やる。

キリカ、どうするんだ？

同じ生徒会室のメンバーとして、補佐役の庶務《しょむ》として、なにもできないのがもどかしかった。このまま、あの強引な父親の言うなりになって白樹台《はくじゅだい》を去るんだろうか。

胸がもやもやした。名前のつけられない感情が喉《のど》に粘りついていた。

「またあの人が来たんですかっ」

美園《みその》先輩が生徒会室に駆け込んできた。

「私の愛するキリカさんを、いくら父親だからって、あんな……赦《ゆる》せません！」

先輩は顔を紅潮させ、金髪と握《にぎ》り拳《こぶし》を震わせる。

「こうなったら、かわりに私がセントブリッジ学院に転校して、そう、そうすれば愛するひなたさんと同じ大学にエスカレーターで……ああ、いいえ、そうしたらキリカさんやひかげさんと離れればなれに……ああ、どう、どうしましょう、どうしましょう」

見ていられなかったので僕は冷蔵庫から烏龍茶《ウーロンちゃ》を持ってきて先輩に飲ませ、落ち着かせた。この人も頭がテンパると変なことしか言わなくなるよね……。

「しかしね」

会長が自分の執務机に着席し、腕組みして言った。

「けっきょくのところ、あたしたちの問題じゃないわけだ。ヘリに飛び移って伝言するくらいなら何度でもやるけど」「いや、いっぺんだけにしといてください」「キリカがなにも求めないのならね、あたしたちにできることはなにもない」

三人分の視線がまたも会計室のドアに注がれる。

なにも求めないんじゃなくて、おびえて縮こまって声も出せないだけじゃないのか。だとしたら僕は、ただぼうっと見ているだけでいいんだろうか。いや、僕になにかできるわけじゃないんだけど……

＊

翌日の放課後、僕はまたしても学園長に呼び出しを喰《く》らった。クラス委員の葉山《はやま》さんはまたしても心配してついてきてくれた。清掃車をヒッチハイクし、荷台に並んで座ってオフィス棟に向かう。

「牧村《まきむら》くん、こないだ園長先生を怒らせちゃったの？」

葉山さんは顔を曇《くも》らせてそう訊《き》いてきた。

「それとも聖橋《ひじりばし》さんのお父さんとなにかあったの？　あ、そうだ、あたしも、あたしも園長室に一緒に行こうか。叱《しか》られなくて済むように、がんばって牧村くんのいいところいっぱい説明するから！」

いや、それはいいです。そんなんじゃないから。しかし、少し気になったので訊《たず》ねる。

「僕のいいところって？　ああその、参考までに」

「え、ええとっ」

葉山さんは三分くらい考え込んだ。それでも目的地に到着しない学園の広さを僕はそのとき心底呪《のろ》った。たまりかねて言う。

「いやそんな無理してひねり出さなくてもいいよ……」「あ、そうだ、ウサギさんと会話できるよね！」かわいそうな人みたいだからやめてくれないかな！

ついてこようとする葉山さんをエレベーターホールで押しとどめ、最上階の園長室に向かった。

「ああ、牧村君、何度も呼び出してすまない。たいへんなことになったんだ」

僕が室内に入ると、デスクのまわりをぐるぐる歩き回っていた園長先生が暗い顔を上げて言った。

「生徒会の面々は、ほら、色々と個性的で、君がいちばん話しやすくてね、うむ、できれば君から天王寺《てんのうじ》君たちに伝えてくれないか」

学園の長にあるまじき発言だった。しかしつっこむ間はなかった。園長先生がこう続けたからだ。

「聖橋《ひじりばし》君のお父さんから、今朝電話があってね。次の理事会で学園の財務を大幅に見直し、生徒会予算をほとんど全面的に削ると。すでに何人かの理事の賛同もとりつけているらしくてね。ちょうど、もうすぐ生徒総会だろう。そこで私から発表するが」

僕はしばらく園長先生の話が吞《の》み込《こ》めなかった。

「……ええと。つまり、どういうことですか」

たぶん、心では理解していた。頭がそれを拒《こば》み続けていただけだ。園長先生の言葉が僕のむなしい抵抗をぐにゃりと潰《つぶ》す。

「生徒会活動は、今年でおしまいってことだよ」

6

そのニュースは、一夜明けたら学園じゅうに広まっていた。

「牧村《まきむら》！　生徒会潰《つぶ》れるってマジか！」

「部活の支給金どうなるんだよ！」

「理事のスケベじじいどもが総務の女にエロ接待要求してきたってほんとうなのか？」

「断ったから生徒会潰《つぶ》しにかかってきたのか」

朝食をとりに食堂に行くと、たちまち先輩たちに取り囲まれてそんな質問責めにされた。根も葉もない噂《うわさ》も混じっていて、僕は肯定も否定もできず、なにも知らないふりをしてごまかした。なんでこんなに早く広まってるんだよ、昨日の今日だぞ？

土曜日なので授業はなく、しかし学園の敷地は平日よりかえってにぎやかだった。この学園は休日も部活動が認められているので、寮生に限らず通学生たちもみんな土日の朝から学校にやってくるのだ。しかも今は生徒総会という一大イベントの直前である。噂は燎《りょう》原《げん》の火のごとく広まっていた。

生徒会室に顔を出したら、会長があっさり認めた。

「ああ、うん。あたしが広めたんだ。ついでに理事会の評判が悪くなるようにあることないこと吹聴《ふいちょう》したら、だいぶ尾ひれがついて広まってしまったみたいだね」

この人だけは敵に回さないようにしよう、と僕は固く心に誓う。

「いずれ全校生徒に知らせなきゃいけない話だから、事前にあるていど悪い情報を流しておいて緩衝材にしたんだよ」

あるていど悪い情報？

「じゃあ、実際そんなに悪い事態じゃないってことですか」

「生徒会がなくなるってのは、あたしの嘘《うそ》」

僕が胸をなでおろそうとしたら、会長はこう付け加えた。

「安心されても困る。予算編成権が奪われるんだから生徒会はなくなるも同然だよ」

「あー……そう、なんですか。そうですよね」

けっきょくのところ生徒会の権力は八億という金に由来するのだ。金を動かせない生徒会はただのままごとに過ぎない。

「職員会は賛否真っ二つなんです」美園《みその》先輩がため息をつく。「私は先生がたに全面的に評判がいいのですけれど、狐徹《こてつ》を目の敵にしている先生が多くて、狐徹から権力を取り上げられるなら理事会の横暴に賛同する、という方がけっこういらっしゃるのです」

なるほど、それはそうだろうな、と僕は会長を横目で見て思う。

「明後日《あさって》の生徒総会で、園長先生は予算凍結を発表するつもりでしょうね……」

あと二日。キリカが組み上げ、先輩たちが折衝《せっしょう》を重ねて編成した予算も、よくわからん親馬鹿《おやばか》のおっさんの私情ひとつでご破算になるのだ。涸れ井戸《いど》みたいな絶望が僕の身を震わせた。会長が沈んだ表情でつぶやく。

「あたしも理事に何人か知り合いがいるから、働きかけてみるけれど、かなり分が悪い。あとは聖橋章吾《ひじりばししょうご》氏に直接揺さぶりをかけられればいいのだけどね……」

それから会長は、離れた場所にある執務机に目やった。キリカは机の上にぺったりと座って、ウサギを胸に押しつけるように抱いてじっと黙っていた。一昨日からずっとあんな感じだ。会計室から出てきてくれただけましだけれど、一言も口にしない。美園先輩も昨日までは何度も心配そうに声をかけたけれど、キリカが首を振るばかりだったので、今は距離を置いてじっと視線を注ぐばかりだ。

「キリカ、父君と対話する気はないの？」

会長が訊《たず》ねた。キリカはウサギの灰色の耳にあごをこすりつけるようにして首を振った。もう何度となく見たやりとりだ。

「あたしの誇りだった、あの凜《りん》として気高く強く美しい聖橋キリカはいったいどこにいってしまったんだろうね？」

会長の口調はあいかわらず、満腹のときのライオンみたいに危うくて優しい。

「わたしがパパになに言っても無駄」

キリカはぼそりと答えた。久々に聞いた彼女の声は不安になるくらい干からびていた。

「無駄かどうかは、ぶつけてみなくちゃわからない」と会長は言った。「それに、そうやって縮こまって黙っていたら可能性はどうせゼロだ」

キリカの腕の中からウサギがするりと抜け出して僕の足下まで駆けてきた。キリカはうつむいて、腕章《わんしょう》のマフラーの中に顔をうずめた。

「話したくない。パパの顔、見たくもない。ごめんなさい」

会長は嘆息し、立ち上がった。

「美園《みその》は朝練中の体育会系を回ってくれ。あたしは放送部に行ってくるよ」

「わかりました」と美園先輩も固い表情で扉に向かう。

「どう……するんです？」

僕は会長の背中に訊《たず》ねた。二つに束ねた黒髪が翻る。

「全校に知らせてくるのさ。気にせず明後日の祭りに向けて盛り上がれってね」

美園先輩もうなずいて言う。

「週末だったのは、不幸中の幸いです。先生方はほとんど学園にいないけれど、生徒たちはいるんです。戦う時間はまだ残されています」

先輩のその言葉は、たぶん——僕ではなくキリカに向けてのものだ。

でも、二人が生徒会室を出ていってしまった後も、キリカは机の上でじっと膝《ひざ》を抱え、僕は足にウサギをまとわりつかせながら立ち尽くすことしかできなかった。

週明けの月曜日には、生徒総会だ。ひょっとすると、最後の。

その日は生徒会室にはひっきりなしに訪問者があった。

「生徒会が潰《つぶ》れるって、ほんとうなのか！　天王寺《てんのうじ》どこだ、理事会ごときにびびってんじゃねえだろうな！」

「押忍！　我々格闘系のクラブ連合で理事会に乗り込んで撤回させます！」

「うちの部費どうなんの、出るの？　募金しようか？」

「新聞部の総力を挙げて理事会の横暴を徹底糾弾しますよ、地方紙にも話つけてありますからガンガン燃え広がりますよ！」

「総会で署名集めてもいいですか！」

会長は留守です、月曜日に全校放送で説明します、総会でも説明しますから、と僕は頭を下げっぱなしだった。胸の奥がちりちりと焦げた。だれもかれもが立ち上がろうとしていることと、自分がなにもできないことの、痛切な摩擦熱《まさつねつ》だった。

総会のパンフレットの最終チェック、当日のタイムテーブル確認などに追われて、一日はあっという間に過ぎた。キリカは会計室に閉じこもりっぱなしだった。陽《ひ》が沈む頃《ころ》になって会長が美園《みその》先輩を連れて戻ってくると、「今日はひとまず解散」と言った。

僕は購買部で買ってきたお菓子——おにぎりをいくつか混ぜてみた——を会計室のノブにぶらさげた。

「……食べ物、置いとくよ。ちゃんと食えよ」

返事はなかった。椅子《いす》の上で身をよじる気配は感じられた。僕は息をついて、先輩たちに続いて生徒会室を出た。

＊

その夜、僕が全然寝付けずに毛布の上でごろごろしていると、ベッドの下で「きゅる」という奇妙な高い音がした。ウサギの鳴き声だとしばらく気づかなかった。あいつが鳴くのなんてはじめてのことだったからだ。続いて、足音がベッドの下から飛び出してきて僕の枕元《まくらもと》に乗っかった。ウサギは暗がりの中、器用にベッドの枠から窓枠に跳び移ると、ガラスに鼻面を押しつけた。月明かりに小さなシルエットが浮かぶ。

なんだろう、なにを見てるんだろう？

僕は起き上がって、窓の外を見た。庭の木立の重なり合った濃い影の間に、かすかに動くものが見えた。隣室の窓から漏れる明かりに、白と黒のリボンの先が触れた。

リボン？

窓を開くと、ウサギが外に飛び出した。木立の足下にうずくまる人影に向かって。

僕は踵《きびす》を返し、寝室を出た。廊下を渡ってロビーに回り、サンダルを突っかけて、ひんやりとした夜気の中に踏み出す。赤煉瓦《あかれんが》の壁沿いに走り、木立の間に人影を探した。僕の足音に気づいたのか、リボンの頭が植え込みの陰にあわてて引っ込んだ。僕は駆け寄ってのぞき込む。

「……キリカ？」

たしかに、キリカだった。制服姿で、大きなスポーツバッグを抱えている。おびえと困惑と恥ずかしさの入り混じった視線が返ってくる。キリカが鞄《かばん》を持っている？　苦い予感が歯の裏側を這《は》った。

「なにしてんだよ、こんなとこで」

キリカはバッグにきつく腕を巻きつけて視線をそらした。ウサギが彼女の足下でひげをぴくぴくさせている。

こんな大きな荷物を持って、どこに行くつもりなんだ、と僕は思ったけれど、声に出して訊《き》けなかった。たぶん、聞きたくない答えをなんとなく予期してしまったからだ。

「出てく」

地面の芝生《しばふ》が剝《は》げたあたりに目を落としたまま、キリカはつぶやいた。

「……出てく？」

僕は間抜けにおうむ返しする。

「学校、出てく」

「なんで」

声がかすれきってしまわないようにするのが精一杯だった。

「わたしが白樹台《はくじゅだい》にいるから、パパがばかなことして、みんなに迷惑かける。でもパパの言うとおりにもしたくない。だから、どこか遠くにいくの」

僕はぎざぎざの吐息をなんとか押し出した。ようやくまた声が出せる。

「だからって、出てくことないだろ」

「だって、もう狐徹《こてつ》にも美園《みその》にも顔合わせられない。わたしのせいで」

キリカのせいじゃない。会長だって先輩だってキリカを責めたりしないよ。その言葉は届きそうになくて、口にできなかった。だって、キリカを責めているのは彼女自身だ。

「他《ほか》になんとでもやりようがあるだろ。出てくなんて」

キリカは首を振った。

「ない。他にやりようがないの。なんにも。わたしにはなんにもないから。そういうの、どうしようもないの」

彼女は細い指でバッグの表面を掻《か》く。現実に届くことのない、非力な手で。

そんなことはない。僕はだれに対してなにを否定しているのかもよくわからないまま首を振った。だって、僕は——

「僕はキリカに助けてもらったよ。今までだってなんべんも、色んな事件をなんとかしてきたんじゃないの？　どうしようもないなんてことは」

キリカは首を振って僕の言葉を払いのける。顔を上げ、首に巻いた腕章《わんしょう》に指をかける。ちょうど『探偵』の二文字のあたりがくしゃりと歪《ゆが》む。

「探偵なんて、さがしもの見つけるだけ。こんなときなんにもできないの」

僕は息をついて、膝《ひざ》を折り、キリカと目の高さを合わせる。ウサギが不思議そうに僕らの顔を見比べる。むなしさが暗い地面に降り積もっていく。

じゃあそもそも、なんでこんなとこに来たんだよ？

キリカはウサギを抱き上げた。

「わかんない。……たぶん、ひかげが」

彼女はウサギに向かって言った。

「ひかげがいるから。ひかげには、話しておこうと思って。……それだけ」

僕はため息をかみ殺す。なにか期待してここにきたわけじゃないのか。ただ、ウサギの顔を見て最後の挨拶《あいさつ》をしにきただけか。それはそうだ。僕なんて一ヶ月前に総務に入ったばかりの下働きだ。普段でさえ大切な仕事はなにひとつ任されていないのに、こんなときになにかできるわけがない。

でもそのとき、キリカの腕章《わんしょう》の端が僕の目に引っかかる。肩をこわばらせる彼女にかまわずうなだれかけた顔を上げ、キリカの首に手を伸ばす。

に腕章の端をそっとつかむ。

「……な、なにっ？」

キリカの声が上ずる。僕はそれをほとんど聞いていない。思考がすさまじいスピードで頭の中を巡っていたからだ。なんにもできない？　そんなことはない。僕らは生徒会なのだ。ライオンの女王のもとに集った総務執行部なのだ。

なんだってできるだろ？

「なんとかする」

僕は真正面からキリカの眼《め》を見つめて言った。彼女の顔に様々な表情が踊った。窓から漏れる光の下、その顔が少しずつ色づいていく。

「な、なんとかって、なに言って」

僕が未整理の気持ちのままそれでもなにか答えようとしたとき、木立のずっと向こうから声がした。

「門限過ぎてますよー？　だれかいるんですかあ」

管理人のおじさんの声だった。キリカも僕も口をつぐんで息をひそめた。草を踏む足音はこちらにはやってこなかった。しばらくじっと待ってから、僕は茂み越しに目をこらしてあたりをうかがった。

「部屋、入ってて」とキリカに言う。

「え……えっ？」

「生徒会室には戻りたくないんだろ。なら、とりあえず僕の部屋に隠れてて。出てくのは、せめて総会が終わってからにしてよ。それまでに僕がなんとかできなかったら、どこにでも旅に出ればいい、でも今は頼むから隠れてて！」

僕はそのときほどウサギに感謝したことはない。戸惑っているキリカの腕からするりと抜け出ると、僕の身体を駆け上がって、開けっ放しの窓に——僕の部屋に飛び込んだのだ。僕は赤煉瓦《あかれんが》の壁に手をついて背中を指さす。キリカはだいぶ迷った後で、靴を脱いでバッグに押し込むと、僕の背中を同じように踏み台にして窓に潜り込んだ。

僕は携帯をポケットから取りだして宵闇《よいやみ》の中に走り出した。時間が惜しかった。明後日にはもう生徒総会なのだ。

少し迷って、やはり最初に会長に電話する。

『……面白い。きみはほんとうに、面白い』

僕の話を聞いて、会長はそう言った。

『惚《ほ》れ直したよ。きみはあたしの誇りだ』

そこまで言われてしまうと、かえって不安が押し寄せてくる。

「あ、あのっ、まだただの思いつきですよ？　うまくいくかどうかなんて」

『そんなの当然だ。でもね、きみの主はだれだと思っている？　他《ほか》のだれでもないこのあたし、天王寺狐徹《てんのうじこてつ》だよ？　作戦を立てよう、美園《みその》も呼ぶから生徒会室に来てくれ、夜間セキュリティは切っておくよ』

通話が切れた後も、僕はしばらく携帯の液晶画面を見つめていた。僕、なにかとんでもないことを始めてしまったんじゃないだろうか。堤防の小さな石をひとつ抜き取ったら、ものすごい勢いで水が噴き出してきた――そんな気分だ。

でも、今さら立ち止まれない。財布から一枚の名刺《めいし》を取り出す。

柳原咲子《やなはらさきこ》。

キリカの父親の秘書をやっている、あの女性だ。しばらくためらってから、名前の下に書かれた電話番号をプッシュする。

『……はい』

冷たい女性の声が受話器から僕の耳に流れ込む。僕は中庭の木々の梢《こずえ》に切り取られた夜空を見上げて首をすくめた。

「夜分遅くすみません、あの、牧村《まきむら》です、白樹台《はくじゅだい》の生徒会の」

『ああ、牧村ひかげ様。どうなさいましたか。秘書術を学ぶご決心をされたのですか』

「い、いえ、ちがうんです。あの、厚かましいんですけど」

唾《つば》を飲み込み、気持ちを落ち着かせる。

「お願いがあるんです。キリカと、お父さんのことです」


中央校舎の裏口から入って、寒々しいくらい暗くて静かな廊下を渡り、階段を忍び足でのぼり、生徒会室に行くと、すでに電気がついていて、二人が待ってくれていた。

「ひかげさんっ」

美園先輩のタックルが飛んできて、僕は後ろ手に閉めた扉に背中をぶつけてしまう。

「キリカさんがいないんです、おまけに、大切にしてた絵本とか、下着とか、みんななくなっててっ」

会長、美園先輩にまだ事情を説明してなかったのか。

「あ、あの、心配しないでください、キリカは……ええと、たしかに出てこうとしたみたいですけど、今は僕の部屋にいます」

美園先輩は目を丸くした。僕がことの次第と、それから思いついた作戦を説明すると、先輩の顔はどんどん明るくなっていく。

「さすがひかげさんです、私も全力でお手伝いしますから！」

先輩は僕の胴に回した両腕をぎゅうぎゅう締めつけて言った。

「……あ、ありがとう、ございます」

「でもちょっと、うらやましくて、冷静でいられないです、私」

「はあ」あなたはいつも冷静に見せかけて全然冷静じゃないような気がしますが。うらやましいって？

「もしキリカさんじゃなくて、私でも、ひかげさんは……」

「美園《みその》、口説くのは後にしろ。あたしだって我慢してんだぞ」

会長が机をこんこん拳《こぶし》で叩《たた》いた。

「あたしは今から演説の草稿を書くから、美園はＩＴ部の連中んとこ行け。どうせ総会の出し物の準備で、部室に泊まり込んでるはずだから」

「ＩＴ部？」と僕は間抜けに訊《たず》ねてしまう。

「専用アプリが必要だろ」

「あー……そう、か。そうですね」

「わかりました。徹夜で作ってもらいます。この私の上目遣《うわめづか》いのお願いを断れる男子生徒はこの学園には一人もいませんから」

自覚してるんだから恐《こわ》い女性である。美園先輩は息巻いて生徒会室を出ていった。会長はノートPCを開き、それからちらと僕に目を向ける。

「敵方には連絡つけたのか」

「あ、はい、さっき秘書さんに。やってみてくれるそうです」

「んじゃ次は朱鷺子《ときこ》だ。明日、あいつも総会対策の最後のミーティングで登校するはずだから、中央議会に乗り込め」

「え、ぼ、僕がっ？」

「中央議会の根回しも必要だろ。総務で朱鷺子にいちばん警戒されてないのはおまえなんだから、おまえが話つけるのは当然じゃないか」

「あー、そう、ですけど」

「あと郁乃《いくの》にも、一部始終黙認するように言っとけ」

ろくでもない用事を大量に言いつけられてしまった。僕は廊下に出て、携帯電話に五回くらいため息を吐きかけてから、会長に教わった番号にかけた。

『なんであなたが私の番号知ってるのっ？』

朱鷺子さんは電話の向こうで激怒した。そりゃそうだ。

「あー、会長に教わったんです。朱鷺子さん明日学校来ますよね？　総会で、執行部がやろうとしてることを知らせようと思って。明日、お逢《あ》いできますか」

朱鷺子さんはしばらく黙り込んだ。僕はひとつも嘘《うそ》を言っていないのであるが、どういう意味にとるのかは彼女次第だ。

『どうしたの、急に。スパイになんてなるわけがないって言っていたじゃない』

僕はガッツポーズしそうになった。勘違いしてくれたらしい。

「事情が変わったんです、色々と」そりゃあもう色々とね。

『いま電話で話せないの?』

「けっこう長い話になるし、どうせなら議員のみなさんにもその場で知らせたくて」

『……わかったわ。朝の九時に議場に来て』

電話を切ると、僕は安堵《あんど》の息を漏らした。

あとは監査委員会だけど、これは明日でいいか。電話を二本かけただけで、他《ほか》に大したことはやってないのに、くたびれて脳の奥の方が軽くしびれていた。


寮の自室に戻ると、中は真っ暗だった。キリカは制服姿のままベッドで丸くなって眠っていた。彼女の頭のそばで同じように身体を丸めていたウサギが、僕に気づいて頭を持ち上げるけれど、キリカは身じろぎもしない。寝息も静かすぎて、月光の下では寝顔も青白く、死んでいるみたいだ。かすかにブラウスの胸が上下しているのを見て、安心する。

疲れていたんだろう。ここ数日、全然寝てなかったみたいだし。

僕も疲れたし寝よう——と考えたところで、はたと気づく。キリカがいるのにどこで寝るんだよ？　というか、深く考えずに僕の部屋に隠れてろとか言っちゃったよ、キリカと一緒の部屋だよどうしよう。
だいぶ悩んでから、洗面台に背中を預けて床で眠ることにした。長くてきつい一日だった。それに、まだ終わっていない。明日はもっとタイトなところを抜けなきゃいけないのだ。そう考えると、首の後ろあたりにわだかまっていた疲労感があっという間にふくれあがって重みを増し、僕は眠りの中にずぶずぶ沈んでいった。

＊

目を覚ましてすぐに盛大なくしゃみをした。肩から毛布が滑り落ちた。

寝ぼけた頭であたりを見回し、なんかいつもと景色がちがう、と考える。そうだ、洗面台の前で寝たんだっけ。どうりで背中と尻《しり》が痛い。毛布のおかげで寒くはないけれど。

毛布？

床の軋《きし》みが聞こえ、顔を上げると、こっちにやってくるキリカと目が合った。僕の様子を見にきただけだったのか、すぐにベッドに戻ってスポーツバッグを腹に抱えてうずくまってしまう。

「……あー、おはよう」

僕はあくびをかみ殺し、それからまた毛布を見下ろす。

「……ありがと。これ、かけてくれたんだよね」

キリカはぶんぶん首を振った。

「わっ、わたしじゃない」

それから、ベッドの足下にうずくまる灰色の毛玉を指さす。

「たぶんウサギがやったの。わたしじゃない。ほんとに」

キリカの耳は少し赤くなっている。その嘘《うそ》にいったいなんの意味があるのかよくわからなかったけれど、僕はそれ以上追及しないことにした。携帯で時刻を確認すると、もう八時だった。まずい、朱鷺子《ときこ》さんとの約束まで時間がない。冷たい水で顔を洗って強引に眠気を払い落とす。

「出かけてくる。キリカはどうする。生徒会室戻る?」

キリカはまた無言で首を振る。でも、出ていくと言わないだけありがたい。

「なにするつもりなの」

廊下に出ようとした僕にキリカが訊《たず》ねる。

「うまくいかないかもしれないから、まだ言えない。準備できたら戻ってくるから、待っててよ」

トネリコ棟を出ると、朝陽《あさひ》がやけにまぶしかった。もうすぐ六月だ。みんなでちゃんと夏を迎えられるだろうか、とふと思う。

議場は生徒会室と同じく中央校舎の三階にあって、まだ八時半なのに議員らしき生徒が何人か集まっていた。朱鷺子さんの姿もある。

「さっそく報告して」

僕に気づいた朱鷺子さんが長机の間を通って近づいてくるといきなり言った。

「狐徹《こてつ》は総会でなにするつもり？　生徒会が存続できるかどうかってときなのに、のんきにお祭りの準備を続けろなんてアナウンスして、なにか手立てはあるの？」

「あー……」

僕は議場を見渡す。他《ほか》の生徒たち全員の視線は、やはりこっちに集まっている。これはやりづらい。

「やっぱり、ちょっと外で話しましょう。みんなには朱鷺子さんから伝えてください」

廊下に朱鷺子さんを連れ出し、一部始終とこれからの作戦を話すと、朱鷺子さんは口を半開きにして固まった。そりゃあそうだろう。この反応が正常なのだ。会長や美園《みその》先輩のノリがよすぎるだけだ。

「……あなたは、総務でも頭がまともな方だと思ってたけど、やっぱり狐徹が見込んだだけあるのね……」

朱鷺子《ときこ》さんはため息混じりに言った。ほめられているように聞こえなくもないが、もちろんそんなことはない。あきれられているのだ。

「それで、まさかそんな頭の悪い案、中央議会に賛成してもらいたいなんて言うんじゃないでしょうね。総会での議決には中央議会は関係な――」

「あ、そうじゃないんです」と僕は手を振った。もっとろくでもないことをお願いしにきたのだ。「先生方をなんとかしてほしくて」

朱鷺子さんの柳眉《りゅうび》が寄って山をつくる。

「どういうこと」

「園長とか教頭とか学科主任とかそういうお偉方は、明日の総会で予算凍結と生徒会の権限剝奪《はくだつ》を発表するつもりです。だから、総会に臨席しないようにしてほしいんです。朱鷺子さんは職員会受けがいいから、できるんじゃないかなって」

「な、なによ、それは」

「たとえば、総会に出ようとする園長たちをつかまえて、事前に中央議会に説明してほしい、とかいってべつの場所に誘導して、時間稼ぎを」

「わ、私に片棒担げっていうのッ？」

「はい。やってくれませんか。お願いします」

朱鷺子さんの剣幕《けんまく》にちょっとしりごみしつつも僕は頭を下げた。

「あ、あなたねえ、私は狐徹《こてつ》の敵なの、わかっててそんなばかなこと言ってるの？」

「それはわかってます。でも」

僕は朱鷺子さんの目をじっと見返す。その瞳《ひとみ》に困惑の色が混じり始め、彼女の顔はどんどん紅潮していく。

「潰《つぶ》されかけてるのは、生徒会なんですよ。総務だけじゃないんです」

「……それは、そうだけどっ、でも」

「今ここで生徒会が潰れたら、次の選挙もなくなるかもしれないんですよ」

朱鷺子さんは目を見開いて息を詰まらせた。僕はおそるおそる言葉を続ける。

「次の会長選挙に出て、天王寺《てんのうじ》狐徹を蹴落《けお》とすつもり——なんですよね？」

確信はなかった。かまをかけただけだった。でも朱鷺子さんは唇を震わせ、長い黒髪を翻して僕に背を向けた。憤然とした手つきでドアノブを回し、扉を引きながら言う。

「わかったわよ。やればいいんでしょ！」

ありがとうございます、という僕の声は、議場のドアに断ち切られた。

監査室もまた中央校舎三階にあって、郁乃《いくの》さんも日曜日だというのに登校していた。連続ドラマに出てくる刑事課を思わせる、スティール製の棚と書類の積み上げられた事務机とで埋め尽くされた雑然とした部屋だ。教室ひとつぶんの広さがあるはずなのだけれど、息苦しいくらい狭く感じられた。監査委員会も総会で出し物をするらしく、何人かの女子生徒がいて、ファミレスのウェイトレスみたいなコスチュームの衣装合わせをしていた。

「なんや、面白そうなこと企《たくら》んでるらしいやん」

ウェイトレス姿の郁乃《いくの》さんがうきうきした表情で寄ってきた。

「こてっちゃんの発案かと思ったら、ひかげ君の考えなんやて？　おねえさんにも詳しく教えてえな。じっくりたっぷりねっぷり協力するで」

眼鏡《めがね》の奥の悪戯《いたずら》っぽい瞳《ひとみ》には、『天王寺狐徹《てんのうじこてつ》を困らせることならなんでもやる』と書いてあるみたいで、僕はため息をこらえるのに苦労した。他《ほか》の娘《こ》たちに聞かれても説明がめんどうになるので、やはり廊下に連れ出す。

「前に、僕にスパイになれって言いましたよね」

「うん？　なんや、こんな非常事態に気が変わったん？」

「いや、そういうわけじゃないんですけど、総会で通す予算第一案を持ってきました。郁乃さん、知りたがってましたよね」

郁乃さんは唇をすぼめて笑みを消した。

「……なんやねん。今さら持ってこられても。総会前日やで、つっこみどころ探す時間もあらへんよ」

「いえ。すぐ済みます。なにせ一行なので」

僕は、その予算案がプリントされた紙を郁乃さんに差し出した。眼鏡がずり落ちそうになった。郁乃さんは何度か口をぱくぱくさせてから、僕の顔に目を戻した。僕は、もう何度目になるかわからない説明を繰り返す。郁乃さんの表情から熱が抜けていく。

「……本気なん？　あたま大丈夫？」

「ええ、まあ……」

考え方のやばさでは会長と同じくらいだと個人的に思っている郁乃さんにまでこう言われてしまうと、さすがにちょっと不安が増すけれど、僕はうなずいた。

「で、この予算、監査を通してほしいんです」

郁乃さんは仮面ライダーの変身ポーズみたいに大げさな身振りで驚いてみせた。

「ボケきついわ、ひかげ君」

「つっこみ待ってるわけじゃないんです。本気なんです」

「こういう総務の横暴止めるために監査委員会があるんやで？」

「でも不正じゃないでしょう？　僕は嘘《うそ》はひとつも言ってないんです。それに――」

言葉がかさついて喉《のど》に引っかかり、僕は唾《つば》を飲み下す。

「――これは、生徒会を守るためです」

郁乃さんの視線が僕の顔の表面をなでた。彼女の表情が、いつものにまにました笑みに戻っていく。

「……嘘《うそ》はひとつもないって言うたね？」

「……え？　ええ」

「うんうん。きりちゃんのためやろ？」

僕は首を傾《かし》げた。郁乃《いくの》さんの言っている意味がよくわからなかったのだ。

「生徒会守るためだけやったら、きりちゃんが出てくのも立派なひとつの手やで。こないな無茶《むちゃ》する必要あらへん。そやから、結局きりちゃんのため、やろ？」

「ううん、まあ、そういう見方も」

「ちゃんと答えて。きりちゃんのため、やね？」

なんでそこにこだわるのかよくわからなかったが、僕はしぶしぶうなずいた。郁乃さんは舌なめずりした。

「にゅふふ。ええやろ。通したるわ」

「あ、ありがとうござ――」

「交換条件や」

郁乃さんはぴんと指を立てて言った。

「……ええと、なんですか。監査の調査員になれってことなら、ちょっと困ります」

「うちも今度、ひかげ君の部屋に泊めて」

「……はいぃ？」

思わず変な声が出た。郁乃さんは僕の胸を何度も突っついた。

「きりちゃん泊めたんやから、うちもええやろ。ベッドの中でじっくりたっぷりねっぷり監査委員に勧誘したるわ」

昼過ぎに、聖橋章吾《ひじりばししょうご》氏の秘書の咲子《さきこ》さんから電話があった。

『話は通しておきました』

「ほんとですか！　ありがとうございます！」

『社長への根回しは今後も私にご一任ください。しかし、牧村《まきむら》さま』

咲子さんはいったん言葉を切って、声のトーンを二目盛りくらい落とした。

『危険な賭《か》けです。ほんとうによろしいのですか』

僕は唾《つば》を飲み込んだ。危険な賭《か》け？　たしかにその通りだ。でも、立ち止まっていたってどうせ血は流れ続けるのだ。それなら。

「いいんです。もう決めましたから」

電話の向こうで、咲子さんが息をついたのが聞こえた。

『残念です』

「……え？」

『牧村《まきむら》さまには秘書の資質があると、以前申し上げましたが、私の見込みちがいだったようです。うらやましい』

「はあ」うらやましい、って、なにが？

『秘書に、勇気は不要ですから。お嬢様のためにそこまでできる牧村さまが、私はうらやましいのです』

あとは、ただ待つだけだった。僕はＩＴ部の部室の前の廊下にしゃがみ込んで、じっと待った。寮の部屋に戻ったら、またキリカに説明を求められるだろう。そう考えると気が重くて、帰れなかった。だいいち、準備は間に合わないかもしれない。かなりの無茶《むちゃ》を要求したからだ。

美園《みその》先輩もたまにやってきては、手料理の夕食とか、大量のドリンク剤《ざい》とか、なにに使うのかよくわからないけど自分の水着写真のアルバムとかをＩＴ部員たちに差し入れて、歓喜の声を浴びていた。でもじきにそのネタも尽きて、僕の隣に腰を下ろし、廊下の壁に背中を預けて待つようになった。

携帯電話で時刻を確認するたび、月曜日が少しずつ近づいていた。部室のドアからは、三十分おきくらいに「バグが出た」という悲鳴に近い声が聞こえていた。

よろよろになったIT部長が部屋から出てきたのは、空が白んできた頃《ころ》だった。美園先輩は僕の肩に頭を預けて眠っていた。

「……で、き……ました……」

「ありがとうございますッ」

僕はIT部長の差し出してきたモバイルを引ったくった。美園先輩が目を覚まして僕の手の中をのぞき込む。

「で、できたんですかっ?」

「間に合いました、よね……?」とIT部長がつぶやく。僕は立ち上がって走り出した。

寮の自室に戻ると、キリカは起きて待っていた。僕がドアを開けると、ベッドから飛び降りてこっちに駆け寄ろうとして、はっとした顔で立ち止まる。視線をそらし、うつむき、『探偵』と書かれた腕章《わんしょう》にあごをうずめて表情を半分隠す。

「……どこ行ってたの。こんな時間まで。……待ってろとか言ったくせに」

「ごめん。準備に時間がかかって」

僕はふらつく身体を引きずって部屋に入った。灰色ウサギが寄ってきて僕の足にまとわりついた。キリカにモバイルを手渡すと、彼女の表情がかすかに変わる。

「……なに?」

僕はキーを叩《たた》いた。スリープ状態だったマシンが再起動する。

キリカは目を見開く。表示されたのは、彼女にとってはなじみ深い、仮想株取引ゲームのウィンドウだ。顔を上げ、困惑しきった目で僕を見る。

「咲子《さきこ》さんに電話して、キリカのお父さんに話通してもらったんだ」

僕がそう言うと、キリカの唇が言葉を探すようにかすかに震《ふる》えた。

「お父さんは、キリカの言い分なんて聞こうとしない。あの人にとっちゃ、自分で金を稼げないガキは人間として認められないんだ。そういう人だろ？」

「そう……だけど、それが」

「だから、認めさせる」

僕はキリカの手の中にあるモバイルに目を落とし、またキリカの顔に視線を戻す。

「ゲームだよ。このモバイルに入ってるアカウントは、お父さんもモニタしてる。もうすぐ市場が開く。月曜日の取引終了までに、ゲーム内通貨を三倍以上に増やせたら、キリカのことを一人前って認める。キリカが選んだ学校だから、白樹台《はくじゅだい》に通うのも認める。そういうふうに話をつけた」

「……パパが？　そんなばかな条件、呑《の》んだの？」

「うん。咲子さんが、なんとかしてくれたんだよ」

キリカはしばらく呆《ほう》けていた。脱力した手からモバイルが滑り落ちそうだったので、僕は彼女の両手を自分の両手で包み込むように握って、言った。

「いつもやってるゲームだろ。簡単じゃないか」

自分の声が震《ふる》えないようにと、僕も必死だった。体温が触れあった手から流れ出ていくのがはっきり感じられた。

それでもキリカは動かなかった。唇を噛《か》むのが彼女の精一杯だった。だから僕は、彼女の首に手を伸ばし、腕章《わんしょう》の端に指をかける。小さな肩がびくりと反応する。

「……探偵は、こういうとき──なんの役にも立たないかもしれないけど」

僕は息を吐きかけるようにして言うと、腕章のマフラーをたぐって回した。キリカが顔を上げた。もうひとつの役職が刺繍《ししゅう》された一枚が、彼女の喉元《のどもと》に戻ってくる。

「キリカは、『会計』だろ？」

ぬくもりが離れる。

キリカは、小鳥の卵でも運ぶようにしてモバイルをそっと手のひらに載せ、ベッドに腰を下ろした。やがて打鍵《だけん》音が始まる。モバイルの背面、ネットへのアクセスを示すＬＥＤが激しく明滅する。キリカの瞳《ひとみ》の表面を、無数の銘柄名と株価が流れ過ぎていく。

まどろみの中で、僕はファンファーレを聞く。

ブラスバンド用にアレンジされた白樹台《はくじゅだい》の校歌だ。そうだ、あれはうちのブラバンの演奏だ。大きな校内行事の開始時にはきまって披露《ひろう》される――

僕は跳ね起きた。毛布が肩からずり落ちる。窓から射《さ》し込《こ》む陽《ひ》が目にちくちく痛い。床にへたり込んだまま眠ってしまったのだ、と気づく。月曜日だ。あのファンファーレは生徒総会が始まる合図だ、もう全校生徒がアリーナに集まっている。

ベッドに腰掛けている小さな人影が目に入る。寝《ね》ぼけ眼《まなこ》の焦点が合い、僕のぼんやりした意識が記憶にようやくしっかりと接続される。

キリカだ。膝《ひざ》の上のモバイルを食い入るように見つめている。マシンひとつだけでは情報量が足りないのか、左手には自分の携帯電話を握っている。両手の指がひっきりなしに動いている。

そうだ。僕は総会に出なくてもいいのだ。キリカを見守る役目なのだから。今頃《いまごろ》は会長と美園《みその》先輩がなんとかしてくれているはずだ。朱鷺子《ときこ》さんはうまく先生たちを誘導してくれただろうか。郁乃《いくの》さんは約束通り黙認してくれるだろうか?

呼吸のたびに喉《のど》が痛んだ。渇《かわ》ききっている。昨日からろくに寝ていないからだ。僕はみしみし軋《きし》む身体にむち打って立ち上がり、そっとキリカのそばに寄って、モバイルの画面をのぞき込んだ。

ロウソク足のチャートが何枚も重なり合って躍っている。キリカのキー操作で、次々とウィンドウが切り替わっていく。ほとんど僕には意味がわからなかったけれど、ひとつだけ理解できる表示があった。通貨がマイナス表示なのだ。僕はぎょっとしてキリカの横顔を見た。

「レバレッジ最大で全額ポジションとったから。このソフトはそれをわかりやすく表示しているだけ」

画面から目を離さずキリカはそう言った。

つまり、持っている現金の何倍もの金を銀行から借りて、それをすべて株につぎ込んだということだ。僕は唾《つば》を飲み込む。

「借金してる、ってことだよね。大丈夫なの？」

「一日で三倍なんて――あなたはゲームだと思って簡単に言うけど、これくらいの綱渡りを何連勝もしなきゃ無理なの。黙ってて」

僕は黙り込み、キリカの隣に腰を下ろす。見ていると、いくつかの表示の読み方がわかってきてしまう。時価総額92％、というのはたぶん、買ったときから一割近くも値下がりしているということなのだ。いいのか？　今売らなくていいのか。被害が少ないうちにべつの銘柄に乗り換えた方がいいんじゃないの？

「気が散るからきょろきょろしないで」

キリカに言われ、僕は縮こまる。胃袋が冷えていくのがわかる。

電話が鳴った。僕はベッドからずり落ちそうになった。僕の携帯だ。

『社長に露見しました』と咲子《さきこ》さんが電話の向こうで言った。『すぐに証券会社側に再審査するように言っています。一刻も早く証拠金《しようこ》を入れてください、でないと取引停止させられます』

「い——今すぐですかっ？」

『はい、力不足で申し訳ございません』

僕は電話を切って立ち上がった。

「総会に行ってくる、キリカは取引続けてて」

「どういうこと？」

説明しているひまはなかった。僕は部屋を飛び出した。

生け垣が迷路状になった大庭園を北へ抜けた先に、白樹台《はくじゆだい》学園の敷地内最大の建築物がそびえている。一万六千人の観客を収容可能な多目的スタジアム、通称『白樹台アリーナ』である。初夏の日をいっぱいに浴びたその純白の威容は、伏せた巻き貝を思わせる。校内で唯一、全校生徒が集合できるキャパシティを持つ施設であり、生徒総会をはじめ多くの全校行事が開催される場所だ。

近づいていくにつれ、アリーナから声が聞こえてくる。言葉ははっきりと聞き取れなかったが、だれの声かはすぐにわかった。会長だ。演説中なのだ。

大きな駐車場を横切り、アリーナの南正面のゲートにたどり着いたとき、背後から声が聞こえた。

「待ってってばっ」

驚いて振り向くと、キリカが息せき切らして追いついたところだった。左手には閉じたモバイルを握りしめ、右手で僕のブレザーの裾《すそ》をつかむ。

「な――なんでついてきてるんだよ、取引！　見てなきゃ！」

「指し値で売り注文入れた、あとは待つだけなの！　それよりどういうこと、さっきの咲子の電話！」

キリカは顔を紅潮させて噛《か》みついてくる。指し値で売り注文――つまり、満足できる価格まで上がったら株を売るという予約をしたということだ。結果はまだわからない。

でも、ここで取引停止させられたら、みんな水の泡だ。僕はゲートをくぐり、無人の広いロビーを横切って廊下に入る。キリカの足音が追いかけてくる。会場のざわめきと、そこに凛《りん》と響く会長の声が、今やはっきりと聞こえてくる。

『……諸君はこれを絶望と受け取るかもしれない。理事会と職員会の横暴に対して生徒会は無力に屈するしかないとあきらめるかもしれない。けれど、あたしはちがう。これはより大きな勝利の序曲だ。諸君も、跳躍《ちょうやく》する直前には身を屈《かが》め頭を低くするだろう？　よろしい、今がそのときだ！』

会長が力強く言葉を切る。数千の生徒たちのざわめきが高まり、うねる。僕とキリカは紅《あか》い絨《じゅう》毯《たん》敷きの湾曲した廊下を走る。

「なに、狐徹《こてつ》はなに言ってるの？　ねえ、説明して！」

キリカが僕の真横に並ぶほどまでに追いついた。僕は会場へと続く大きな鉄扉の前で立ち止まり、冷たい金属に背中を押しつけ、きつい動悸《どうき》を無理矢理《むりやり》の深呼吸でなだめながら答えた。

「——ゲームじゃないんだ」

キリカの顔が凍る。僕は目をそむけそうになる。

「黙っててごめん。キリカがさっきまでやってたのは、ゲームじゃないんだ。あれ、ＩＴ部に徹夜で作ってもらった、ゲームのインターフェイスそっくりの、現実の株取引アプリなんだ」

冷たい雨が、なお冷たい凍土《とうど》を融《と》かしていくような、かすかな変化がキリカの顔を通り過ぎる。唇がむなしい言葉の切れ端を何度も噛《か》む。

「……どう——やって」

ようやくそんな声がキリカのこわばった喉《のど》から漏れる。

務執行部会計

「どうやって？　だって、あんな初期資金——八億円も」

言葉の途中でキリカは目を見はり口をつぐむ。八億円。気づいたのだ。

僕は鉄扉を引いた。何千人分もの興奮した声と息づかいと足を踏みならす音とが廊下にあふれ出てくる。天井の低い通路の先に光が見える。すり鉢状のアリーナの底部、すべてのスポットライトが集まるステージに演壇が設《しつら》えられている。天王寺狐徹《てんのうじこてつ》が、光のまっただ中で再び語り始める。

『八千余名の白樹台《はくじゅだい》生諸君！　諸君のひとりひとりがあたしの誇りだ。諸君の力のほんの少しずつが集まり、ひとつの名前を与えられたとき、その力は八千倍ではなく八千乗となる——その奇蹟《きせき》の増加率こそが権力の正体だ！　だから信じて預けてほしい、このたった一項目からなる本年度予算案を支えてほしい』

僕はキリカの手を引いて、あふれる光の中心を目指し、暗い通路を歩き出す。壇上の会長と一瞬だけ目が合った気がした。声がさらに高みにのぼりつめる。

『八億円全額を、白樹台学園生徒会総務執行部会計の手にゆだねてほしい！　生徒会規約第二章修正第三項により、諸君の起立と拍手をもって議決に代える！』

地崩れのような足音と万雷の拍手が僕とキリカを押し包み、打ちのめした。アリーナを埋め尽くす白樹台の制服姿が、一人残らず立ち上がり、両手を打ち鳴らしている。叫び声も四方八方から飛び交い、頭痛なのか吐き気なのか目まいなのかよくわからないものが頭《ず》蓋《がい》の中で渦巻く。ふらりとよろけたキリカの身体を僕はあわてて支える。

「……予算……だったの？」

耳元でキリカがうわごとのようにつぶやくのがかろうじて聞こえる。

「わたしが、株につぎ込んだのは、生徒会予算……」

その通りだ。僕が咲子《さきこ》さんに頼んだのは、章吾《しょうご》氏への賭《か》けの申し込みなんかではなかった。キリカが動かせる株取引の口座を準備してもらったのだ。聖橋《ひじりばし》グループが経営する証券会社への口利きで、それが休日中に可能になった。

ただひとつの誤算は、八億円の証拠《しょうこ》金のことだ。生徒会の口座に入れたままでも特別に運用できる手はずだったのに、その裏技が章吾氏にばれた。今すぐにでも証券会社の口座に振り込まなければいけない。間に合うだろうか。僕は沸騰《ふっとう》する海の底みたいな騒がしさの中で携帯電話を取りだし、番号を呼び出す。

「――郁乃《いくの》さん？　聞こえますかっ？」

『聞こえとるよ。えらい盛り上がっとるやん、うちだけ銀行で蚊帳《かや》の外て、ほんまさみしいわあ』

「可決されました、入金してくださいッ」

『いま済んだとこや。あとは――』

郁乃さんの声は、生徒たちの昂揚《こうよう》する歓声に押しつぶされる。僕は携帯を閉じた。

あとは――

振り向くと、放心するキリカの手の中からモバイルがまた滑り落ちようとしていた。床にぶつかる寸前でつかまえ、開く。水色と灰色のウィンドウが浮かび上がる。取引約定《やくじょう》を示すポップアップが浮かび上がる。

震《ふる》える指先でキーを叩《たた》き、現金口座を確認する。桁《けた》区切りの三つ目のカンマをも突き破って、生涯で一度も見たことのない金額にふくれあがっているのを、僕は息を止めて何度も何度も確認する。

キリカを振り返る。

「約定《やくじょう》したよ」

僕が告げても、彼女の顔は虚脱感の中で泳いでいるばかりだ。演壇に向き直る。今度は会長ははっきりと僕をとらえ、手を差し伸べてくる。

モバイルを投げた。

芝居がかったしぐさで受け取った会長は、画面を確認し、それからたっぷりと時間をかけてアリーナじゅうを見渡した。

『――諸君』

声を張り上げたわけでもないのに、その一言でアリーナに充満する騒がしさが半分ほどにまで押しつぶされる。絶妙な間を置いて会長は続けた。

『会計報告だ。売却益、三十六億六千百万円――だれのものでもない、我々の金だ。聖《ひじり》橋《ばし》キリカが卒業するまでの三年間の生徒会予算は、これで確保された』

会長がモバイルを握った手を高く突き上げる。

『諸君の勝利だ！』

アリーナの天井が崩れ落ちてくるのではないかと錯覚するほどの轟音《ごうおん》があたりに満ちて、地響きと混ざり合った。人の叫び声と拍手が八千人分掛け合わされるとこれほどのエネルギーが生まれるのだと、僕はそのときはじめて知った。

会長が手を下ろし、僕らに目をやった。心地よい疲労感で汗ばんだ彼女の頬《ほお》には、黒髪が幾筋か張りついていた。会長がぐっと親指をたててみせるのだけれど、僕は残念ながらそれに応《こた》えられない。キリカに肩を貸して支えるのに精一杯だったからだ。

ふと、会長の視線が昂《たか》ぶる観衆を飛び越えてアリーナの最上段の通用口に向けられる。

その口元が不敵に歪《ゆが》む。

『諸君、少々静粛《せいしゆく》に。スペシャルゲストが到着したようだよ』

今度は、歓声は二割ほどしか萎《しぼ》まない。通用口に現れたのは、まず長い黒髪をなびかせた細身の女子生徒――朱鷺子《ときこ》さん。彼女に引き連れられて入ってきたのは、園長先生をはじめとする職員会のお偉方だ。みんな面食らい、まごついてきょろきょろしているのが、この距離からでもしっかりわかってしまう。

よかった。朱鷺子《とき こ》さんも、ちゃんと手を貸してくれたのだ。

『では諸君、休憩代わりに園長先生の素敵な演説を聴こうじゃないか。今や確固たる資力を手に入れた我々に、どんな面白い話をしてくれるのか、期待しよう。それが済んだら』

会長は思わせぶりに言葉を区切り、アリーナじゅうを見渡す。群衆の興奮は細かい泡みたいに割れて広がっていく。

『諸君のお待ちかね、補正予算案の審議に移ろう！』

先ほどに倍する歓声の渦がアリーナを震わせた。

僕は、この三日間の疲労がいちどきに押し寄せてくるのを感じていた。足下が雲みたいにふわふわしていた。夢なんじゃないかとさえ思った。目を合わせたらその夢が醒《さ》めてしまいそうで、キリカの顔を見られなかった。

7

しかし夢ではなかった。祭りの後の火曜日には、重たい現実が次々に生徒会室に転がり込んできた。

放課後、恨めしそうな顔でまずやってきたのは、郁乃《いくの》さんである。

「ひかげ君、税金とか考えてへんかったやろ」開口一番、郁乃さんは僕を詰《なじ》った。「あんだけ儲《もう》けたら税務署にねちねち調べられるで。ごっそり持ってかれるんやで。あとなあ、八億円振り込めて気軽に言うたけど、うちかてただの女子高生や。銀行でおっさん大勢に囲まれて質問責めされたんやで」

「あー……」

そういう現実的な問題は、たしかに全然考慮してなかった。

「すみません……。で、でも、どう、どうしたんです？」

「うちからあの秘書さんに電話して、あっちこっちに口きいてもろたわ。もっと感謝してくれんと割に合わんわぁ」

僕は郁乃さんに何度も頭を下げた。咲子《さきこ》さんにも足を向けて寝られない。

「ま、ええよ。総務に貸し作るのは気分がええわ。そのうちひかげ君が身体で返してくれるんやろ?」郁乃《いくの》さんがキツネの笑みを戻して顔を寄せてくるので、僕は顔を苦笑いで引きつらせて後ずさる。

「え、えと、身体で、って」

「うちが泊まりにいくて話やったけど、ひかげ君がうちの部屋にきて色々ご奉仕活動するってどうや?」

「郁乃《いくの》さんっ」見かねた美園《みその》先輩が割って入ってきてくれた。「いいかげんにしてください、私のひかげさんにそんな、弱みにつけこむような真似《まね》! だいいち総務の借りであってひかげさん個人の借りではないでしょう!」

郁乃さんは上唇をちろっとなめた。

「ほな、みそちゃんがご奉仕してくれてもええけど」

「わ、私? ……私ですか……うぅ……でも、ひかげさんの貞操を守るためなら……」

美園先輩が真に受けて悩み始めると、郁乃さんはすかさず身を寄せて脚の間に膝《ひざ》を割り入れて色っぽくささやく。

「そうそう。うちは女やから、みそちゃんの貞操はどうもできへんし」

おまえらはいったいなんの話をしてるんだ真っ昼間から。

「真っ昼間からなにしてるのッ」

扉の方から怒声が響き、美園先輩は跳び上がって郁乃さんから離れた。振り向くと、黒髪の二人が入ってくるところだった。眉《まゆ》をつり上げた朱鷺《とき》子さん、その後ろからむすっとした顔の会長だ。

「郁乃、あなたはちょっとは監査のリーダーだって自覚を持ちなさい、そういうはしたない真似《まね》ばっかりしていたら総務との癒着《ゆちゃく》を疑われるでしょう！」

「癒着やなくて密着や」「そんな話してないでしょッ」「ほな、ときちゃんともいちゃいちゃすればええの？」「話聞きなさいッ」

僕以外につっこみ役がいると楽だなあ、なんて微笑《ほほえ》ましく見ていたら、朱鷺子さんの矛先はすぐに僕に向けられてしまう。

「あなたのせいで、予算チェックの手順もむちゃくちゃよ。本予算と同規模の補正予算なんて聞いたこともないわ。既存の用紙が使えなくて手間かかったんだから」

「はあ……でも、問題はなかったんですよね？」

「まだチェック中よ」

補正予算。

あの、八億円すべてをキリカに託すというアホみたいな「名目上の本予算」の後で生徒総会に諮《はか》られた、要するに本来の予算案である。僕はあの直後に気絶するようにして眠ってしまったので、具体的にどう審議が進んだのか知らない。内容は例年どおりだったのだけれど、手続き上の様々なちがいがあって、監査と中央議会のチェックの手間は倍増したのだという。これもまた、自分の発案にのぼせていた僕は考えもしなかったことだ。

「あと、職員会もしっちゃかめっちゃかよ。どうなるかまだわからないわ」

朱鷺子《とき こ》さんは腕組みしてそう言うと、鼻から細く息を吐く。

「だから、なるようになるって。朱鷺子は心配しすぎなんだよ」

会長が肩をすくめて口をはさむと、朱鷺子さんは肩を怒らせて言い返す。

「狐徹《こてつ》がてきとう過ぎるのよ！」

「三十六億円はキリカからの寄付金扱いにして、使途を生徒会限定にするだけだろ」

「言うだけなら簡単よ。だいいち——」

朱鷺子さんは部屋の奥の左端の扉に目をやる。僕らもそろって、その視線をたどる。

「——その聖橋《ひじりばし》さんが、いないじゃない」

キリカは、総会から二日過ぎても、三日過ぎても、消えたままだった。

総会のお祭り騒ぎの中で、アリーナを出ていった彼女にだれも気づかなかったのだという。いったん僕の部屋に寄ったらしく、スポーツバッグに詰めた荷物も消えていた。もともと授業に一切出ない上に会計室にひきこもってばかりのやつだったから、ほとんどの生徒はキリカが学校からいなくなったことに気づきもしていなかった。予算案が総会を通過した後で、執行部会計としての仕事もあまりなかった。

キリカがいないまま、なんの問題もなく過ぎていく日常に、僕は薄ら寒いものをおぼえた。会長や美園《みその》先輩さえもキリカの存在を忘れ去っているんじゃないか——と思うこともあった。

しかし、もちろんそんなわけはない。

「あの、柳原《やなはら》さんという秘書の方に、電話してみました」

美園先輩はそう言って少しだけ困った顔をした。

「キリカさん、一度ご自宅に戻られたそうです。ひとまず、安心ですけれど」

「今も……家にいるんですか？」

あの変態親父《おやじ》と一緒にいるのか、とまで訊《き》きそうになってしまう。

「お父様はまたお仕事でアメリカに飛んでしまったとかで、白樹台《はくじゅだい》のどうのこうのなど気にしているひまもなくなったと……ただ、あの秘書の方、キリカさんの詳しいことは教えてくださらないのです。個人的なことだからと」

美園先輩はため息をつく。

僕からも咲子《さきこ》さんに電話してみようかと思ったけれど、いざ携帯電話を開くとその気力が涌《わ》いてこなかった。キリカのことは教えない、と言われるのも、さらに悪い報《しら》せを聞くのも、恐《こわ》かったからだ。黙ってじっとしていれば、これ以上ひどいことにはならない。

ひどいことにならない？

それは嘘《うそ》だ。僕は寮の自室のベッドに腰掛け、ウサギを膝《ひざ》の上にのせ、隣に座っていたキリカの頼りなげな体温を思い出す。不在は時がたつにつれて濃くなるのだということを僕ははじめて知った。からっぽのねじ穴が錆《さ》びていくように。

なんでいなくなったんだよ、と思う。

出ていかなくても済むように、僕の馬鹿《ばか》な作戦に大勢を巻き込んで、たくさんの人に尻《しり》ぬぐいしてもらって、やっと日常が戻ってきたのに。キリカと一緒に生徒会にいたくて、走り回ったのに。なんで消えるんだ。

会長の、熱のない言葉を思い出す。

キリカの意思で去ったなら、あたしはなにもしないよ。だって、どこにも戦うべき敵はいないし、どこにも困っている友はいないだろう？

僕が困ってるんですよ、とは言えなかった。

困ってるのか？　だって、逢《あ》ってふた月しかたっていない女の子じゃないか。思い返してみればろくに言葉も交わしてない。助けてもらって、金を払って、探偵を手伝って、勝手に助けようとして、だまして――

よく考えてみると、けっこうひどいことをした気がする。

勇気を出してリスクをとってもらうために、ゲームだと嘘をついたのだ。理屈は自分でもわかっている。キリカもたぶんわかっている。でも僕はあのときの彼女の、砕けそうな瞳《ひとみ》が忘れられない。怒ってるんだろうか。わからない。

とにかく、もう一度キリカと話したかった。ちゃんと叱《しか》られて、謝りたかった。

＊

木曜日の真夜中に、携帯電話が鳴った。僕はベッドから転がり落ちて、真っ暗な中を机を手探りして携帯をつかんだ。キリカからかと一瞬思ったけれど、そもそも僕は彼女に番号を教えていない。姉からだった。

『やっほー。愚弟《ぐてい》、元気？』

わざとらしいくらいのため息が、向こうにも聞こえてしまったらしい。

『どうしたのどうしたの。お姉さんからの電話うれしくない？』

「あんまり」と僕は素っ気なく答え、ベッドに仰向《あおむ》けになった。

『今日、また学校のオーナーが私に逢いにきたんだけど。あんた、そっちでなんかものすごいことしでかしたんだって？』

痛み始めたこめかみに親指をぐりぐり食い込ませ、僕は曖昧《あいまい》に返事をした。聖橋章吾《ひじりばししょうご》がまた姉に話をしにいった？　アメリカ行ってたんじゃないのかよ。実はひまなのか。

『きみの弟はいったい何者なんだ、どういう経歴でどういう男なんだ、どうしてあんなとんでもないことができるんだ——って、まあ、またしても根掘り葉掘り』

「ううん……そう。そうか」

章吾《しょうご》氏の視点からすると、それぐらいのことはしちゃったかもしれない。

『うちの大事な秘書までたらしこんで、有能すぎてクビにできないのまで知っているのか、とか言ってた。やるねえ、ひかげ』「たらしこんでねえよ！」

しかし、僕らのためにかなり無茶《むちゃ》をしたあげく社長を裏切る形になってしまった咲子《さきこ》さんが、この先も無事に秘書を続けられそうだというのは安心ニュースだった。あの変態親父《おやじ》にブレーキをかけられる人ってそうそういないだろうし。

『私の自慢の弟なんだから当然ですよ、お嬢さんもそのうちたらし込みますよ、って答えといたよ』

「やめてくれないかな油注ぐのは！」

『もうたらし込んだ後だったの？』

僕は電話を切って枕《まくら》に叩《たた》きつけた。しかし五秒後にまたかかってくる。再び出てしまう僕もどうしようもないけど。

『でも、よかった』と姉はいきなり優しい声で言った。

「なにが」

『ひかげがやっと全力出せるとこ見つけて、よかった』

　僕は携帯を左手に持ち替えて咳払《せきばら》いした。

「……なに言ってんのかよくわかんないんだけど」

『だってひかげ、私の弟なんだから絶対にすごいのに、本気になれることひとつも見つけようとしなかったでしょ？』

「本気とかそういう問題じゃないだろ。からかうのやめてよ。そりゃ姉貴は本気になれば学者にでも役者にでも外交官にでもなれるだろうけどさ、僕は姉貴じゃないの」

『でも私の弟だよ』

「だから」いらだちを隠すのがつらくなってきた。「僕が小学校でも中学校でもなんて呼ばれてたのか知らないのかよ？　父さん母さんがなんでこんな名前つけたのか知らないけど、そのまんま日陰者って――」

『ひかげ、まさか自分の名前漢字で書けないわけはないよね？』

　こっちの言葉を遮《さえぎ》って唐突に言われ、僕は鼻白む。なんだよいきなり？

「書けるよ。そこまで馬鹿《ばか》にするなよ。お日様の日に影法師の影だよ」

　僕はそのときふと、いつかの天王寺《てんのうじ》狐徹《こてつ》の言葉を思い出す。

　――きみの『ひかげ』はどういう字を書く？

――いい名前だ。きみにはもったいない……

姉が電話の向こうでくすくす笑って言う。

『「影」って字には、「光」って意味もあるんだよ。日本語面白いでしょ？ 「日影《ひかげ》」って太陽の光のこと。ひかげが照らして、ひなたができるの。いい名前でしょ？』

その後、姉と交わした会話のほとんどを、僕は憶《おぼ》えていなかった。なにかが僕の内側から殻を優しく叩《たた》いてひびをいれようとしている、そんな錯覚がずっと身体を包んでいて、電話を切って目を閉じても眠りはやってこなかった。ノックしている。だれかが僕をノックしている。でも扉のノブがどこにあるのかわからない……

＊

土曜日の昼過ぎ、ほんとうに僕の部屋の扉がノックされる。僕はそのとき机に脚をのせて天井をぼんやり見つめ、ラジオを聞くともなしに聞いていた。僕よりも先にウサギがノックの音に気づき、机から飛び降りてドアに駆け寄った。

ドアを開いた僕は、廊下に立っていたキリカを目にしても、しばらく現実のことだと認識できなかった。なにせ十二時半くらいまでだらだら寝ていたのだ。まだ寝ぼけてるのかなとさえ思った。

キリカは上目遣いに僕をにらんで言った。

「なんでこんな時間にまだ部屋にいるの」

「……え？　え、ええと？」

「生徒会室行ったら、いなかったから、呼びにきた」

「だ、だって、土曜日」

「総会の直後なんだから忙しいの。執行部なら休日も出るのが当たり前」

「お——」おまえなんて一週間近くさぼってたじゃねえか、と言おうとして、言葉が喉《のど》につっかえる。言わなきゃいけないと思っていたことが、不在の間にたまっていた言葉がいちどきに胸の内側を駆《か》け上《のぼ》ってきて、声に出せなくなる。なんだろう、なにから言えばいいんだ？　キリカが現実にそこにいるのだ。それに、制服を着ていて、腕章《わんしょう》二つをつないで首に巻いているのだ。

戻ってきたんだ。

出てきたのは、けっきょくこんな言葉だ。

「——お帰り」

キリカはもじもじと視線をさまよわせ、長いまつげを伏せ、小声で答えた。

「ただいま」

なんだこれ、と僕はむずがゆさをおぼえていた。なんなんだこのやりとりは。もうちょっと他《ほか》になにかあるだろ？　今までなにしてたんだよ、とか。

「家に、ちょっとだけ、帰ってた」とキリカは目を伏せたまままつぶやいた。「それから、ママにも久しぶりに逢《あ》ってきた」

僕はそれ以上なにも訊《き》けなくなる。キリカの声に、あきらかなさみしさが含まれていたからだ。母親はどういう人で、どこでなにをしているのか。離ればなれなのか。知りたい気持ちはあったけれど、訊けない。

「それから咲子《さきこ》と税金対策話し合ってた」とキリカが言ってくれるので、僕の身体にまた体温が戻ってくる。息もつけるようになる。

「……そっか。よかった。……ほんとに、よかった」

「なにが？」

「なにが、って。キリカが戻ってきたのが」

彼女はまた目を足下に落としてしまう。アッシュグレイの髪の間からのぞく耳が、かすかに赤くなっている。怒っている？　そんなに変なこと言っただろうか。

「あ、あの、戻ってこないかも、なんて本気で思ってたんだ。キリカのこと、だましてあんな真似《まね》させちゃったし」

「そんなことで怒ってない」

「……ほんとに？」

「怒ってない！」

耳の赤みはどんどん増していて、怒っているようにしか見えなかったけれど、僕はそれ以上なにも言わないことにした。とにかく、戻ってきてくれたのだから。

「あ、あなたの、そういう、勝手に考えすぎて、勝手に走り回って、勝手に抱え込むところは、きらい。大きらい」

「ごめん――」

「悪くもないのに謝るのも！」

僕はうぐっと喉《のど》に声を押し戻す。そしたらもうなにも言えないじゃんか。なんでわざわざ戻ってきたんだよ？　とさえ思う。

キリカはほんの一瞬、目を上げて僕の顔を見ると、しゃがみ込んだ。

「ひかげが、いるから」

彼女はそうつぶやいて、僕の足下にいた灰色ウサギを抱き上げた。

「ひかげと　緒が、いいから」

ウサギと目を合わせてキリカは小さな小さな声で言う。

僕は息をついて、頭を掻《か》いた。ウサギかよ。そんなちっぽけな理由か。いや、本気かどうかもわからないけど。会長とか美園《みその》先輩とかに対する仲間意識なんてものを素直に口にできないだけかもしれない。

まあ――いいか。とにかく、こうして戻ってきたんだから。僕の意識も口もゆるむ。

「そんなに気に入ってるならキリカが飼う？　最近は僕よりもキリカの方になついてるしさ。ああ、でも会計室じゃ飼えな――」

キリカはいきなり立ち上がった。怒りに頰《ほお》を紅《あか》く染め、僕をにらんでいる。なんだよ、今度はなんで怒ってんの？　ここで怒ってる理由を訊《き》いたりむやみに謝ったりしたらまた怒られるのか？

「――ばか。もういい、知らない！」

キリカはそう言うと、ポケットに手を突っ込んで、取り出したなにかを僕の顔めがけて投げつけた。

「狐徹《こてつ》から預かってきた、それ着けて！」

わけがわからないまま、拾い上げてみる。おなじみの紺色の腕章《わんしょう》だ。総務執行部、という金文字がちらりと見えた。

「なんだよ。ひょっとしてあの詐欺《さぎ》師の腕章？　あんなの着けるわけ――」

広げた僕は、しばらく言葉を失う。

《総務執行部　書記》

金糸《きんし》で刺繍《ししゅう》されたその役職名を、僕は指でなぞりながら何度も読み返す。

……書記？

ということは、下働きの庶務《しょむ》じゃなくて、生徒会役員になれということなのか？

いつかの会長の言葉が耳にこだまする。

——腕章《わんしょう》は常時着用だ。授業中でもね。

僕は深呼吸し、もう一度だけ《書記》の二字を指でたどった。それでも、左腕に巻く勇気を奮い起こすのに、けっこう時間がかかった。くすぐったいような、心地よいような不思議な違和感が、ブレザーの上から二の腕に食い込む。

「——ひかげ、早く！」

廊下の向こうからキリカが呼ぶ声が聞こえた。どこか遠くで、ずれていくつも重なり合ったチャイムの音が響く。僕は廊下の角に隠れようとしている小さな背中を追いかけて走り出した。

〈了〉

あとがき

講談社の新しい文庫レーベルから執筆依頼をいただいたのは、もう一年前になります。企画書を通した僕は、さっそく資料を集めることにしました。魔術《まじゅつ》の儀式や悪魔に関しての本です。

あとがきから読んでいる方は、えっそんな内容なのか、と口絵やあらすじを見返したかもしれません。本書をすでに読まれた方は、どこにそんなおどろおどろしいものが登場したのか、読んだ記憶はないぞ、まさか気づいていないということ自体が魔術のせいなのか、などと不安に思われたかもしれません。が、ご安心ください。登場してません。

提出した企画書とまったくちがう物語を書いてしまう、というのはよくあることです。よくあってはならないことですし、話を聞いてみると同業者もそんなのやったことないという人がほとんどなのですが、僕はよくあるのです。当初、講談社の編集さんに提出した企画書はファンタジーのバトルものだったのです。ところが書き始めてみるとどうも手応えがない。半月ほどこねくり回した後で、その企画はお蔵入《くらい》りにしました。ほんとごめんなさい。

白紙の原稿を前に途方《とほう》に暮れていた僕は、やがて、昔からぼんやりと考えていた二つの企画を一つにまとめてみることを思いつきました。巨大学園生徒会ものと、高校を舞台にした探偵ものです。

多くの方がご存じの通り、高校生を主人公にした探偵ものは他のレーベルでとっくに書いているのですが、そやつは最近裏社会のフィクサーとしてめきめき頭角《とうかく》をあらわしている上にぜんぜん学校に行かないので、高校を舞台にした話はほとんど書けずじまいだったのです。また、生徒会を題材にした話も一度ちゃんと書いてみたいと前々から思っていました。なんとなれば僕は高校時代の半分を生徒会活動に費《つい》やしたのです。この経験を生かさない手はありません。

そうして生まれたのが、《生徒会探偵》です。

イラストレーターのぽんかん⑧さんには、たいへん可愛いキャラをデザインしていただきました。とくに立ち絵の袖《そで》から手が出ていないキリカが僕は大のお気に入りです。この場を借りて厚く御礼《おんれい》申し上げます。ありがとうございました。

二〇一一年一〇月　杉井　光

講談社ラノベ文庫

生徒会探偵《せいとかいたんてい》キリカ1

杉井《すぎい》 光《ひかる》

2011年12月2日第1刷発行
2012年 5 月9日第4刷発行

発行者	清水保雅
発行所	株式会社　講談社 〒112-8001 東京都文京区音羽2-12-21
電話	出版部　(03)-5395-3715 販売部　(03)-5395-3608 業務部　(03)-5395-3603
デザイン	blue
本文データ制作	講談社デジタル製作部
印刷所	豊国印刷株式会社
製本所	株式会社フォーネット社

ISBN978-4-06-375204-5　N.D.C.913　295p　15cm
定価はカバーに表示してあります